De Waterman

Meulenhoff Quarto

Arthur van Schendel

De Waterman

Roman

Meulenhoff Amsterdam

Eerste druk 1933; drieëntwintigste druk 1995
Copyright © Erven Arthur van Schendel en J.M. Meulenhoff bv,
Amsterdam
Vormgeving omslag Zeno
ISBN 90 290 4811 5 / CIP / NUGI 300

I

Aan de Merwede buiten Gorkum dwaalde op een dag van de winter een jongen over de uiterwaard. Het rode zonlicht scheen door de nevel op het water toen hij stilstond, verbaasd dat hij zo dicht voor de oever was gekomen. Hij strekte de handen uit om te grijpen, de eend schoot weg en liep met slepende vlerk terug over de slib en het gras en hij struikelde, maar sprong op om het dier te achterhalen. Opeens zag hij het niet meer. En bukkend over plassen en brokken klei zocht hij de grond af tussen de dijk en het water, tot hij gekwaak hoorde ver weg en de stapel rijshout ontwaarde bij de bocht van de dijk. Hij wist dat hij zo ver niet gaan mocht, hij merkte ook dat het al avond werd. Terwijl hij ging dacht hij aan het rode gezicht van zijn vader en aan de stok, hij lette niet op de modder en hij vergat pas dat het een kwade zaterdag zou zijn toen hij voor het rijshout stond. Lang was hij daar bezig aan de stapel, hoger dan hij reiken kon, roekeloos de takken uiteenrukkende zodat zij rondom vielen, tot hij ten leste aan de kant van de glooiing in een spleet de vederen aanraakte, maar zij ontglipten hem weer. Toen hij rondkeek zag hij dat de schemerige mist zo dik was geworden dat hij de rivier niet meer onderscheiden kon. Achter hem naar de stad ging de schim van de dijk uit zicht en anders was alles grauw. Hij keerde zich om, hij schrok en dook laag achter het hout.

Voor hem lag een lange plas, iets lichter dan de grond, en daarboven voor de schans op de dijk stond een gestalte, zonder beweging, een douaneman met een steek, de handen rustend op het geweer. Alleen het hoofd wendde soms van de kant van de rivier naar de stapel hout, soms naar achteren en soms naar de kant van Schelluinen. De jongen voelde zijn handen en voeten stijf van de kou. En hij hoorde geluiden, van water dat sijpelde of zoog, van een voet uit de modder, een takje dat kraakte. Hij tuurde naar die gestalte, die niet bewoog, maar groter werd in de mist. Het hoofd bleef lang naar hem gekeerd. Straks zou het geweer gericht worden om op hem te schieten tot straf voor de slechtheid. Hij kroop achteruit lager onder de takken, hopend dat de douane hem niet zien zou door de schemering, hij lag met zijn kin op de natte klei. De gestalte keerde hem de rug toe, de kolf van het geweer sleepte over de grond. Hij stond op en zocht zijn muts om weg te lopen.

Er knalde een schot, hij zag de douane voorovervallen. Toen was het stil, niets dan kille nevel en eenzaamheid, waarin hij bleef staren naar wat daar lag.

Plotseling zag hij een hoofd achter de dijk verrijzen, een man met een gebogen rug richtte zich op en speurde naar alle kanten. Hij ging vlug naar het lichaam toe, hij stampte erop met zijn geweer. Toen zette hij zijn vuist aan de mond, er klonk een geluid zoals van een roerdomp en uit de mist, waar de rivier was, kwam hetzelfde geluid terug. Daar plasten riemen in het water. De man raapte het andere geweer op en greep het lichaam, maar hij liet het weer vallen, hij raapte ook de steek op en greep het lichaam weer bij de nek. Hij ging de dijk af met grote stappen, het achter zich slepend door de plas en over de grond, tot hij onduidelijk werd, een langzame schim. Er klonk geplas van stappen door het water en toen een smak.

De jongen stond te rillen, maar toen hij merkte, dat hij alleen was klom hij tegen de dijk, zijn haar was nat en hij voelde zich stijf. Hij wist dat hij hard moest lopen want het zou donker zijn voor hij aan de poort kwam en hoe later hij was hoe erger de slaag. Daar hij niets voor zich kon zien moest hij met één voet in het karrespoor lopen om niet van de dijk te vallen, bij iedere tred spatte het water op. Hij liep zo hard dat de mist nog schemerde over de uiterwaard toen hij voorbij de herberg kwam.

Binnen de poort bedacht Maarten dat hij iets wist dat geen andere jongen wist, iets dat hij geheim moest houden, een donkere gestalte die stond, een lichaam weggesleept naar het water.

Voor de open deur wachtte Barend, die naar binnen ging toen hij aankwam over de brug. Achter het venster brandden drie kaarsen, want het was zaterdag.

Ik weet wel dat ik slecht ben, zei hij in de gang, ik zal het nooit meer doen.

Zijn vader greep hem en gaf hem maar drie slagen voor hij hem de nauwe trap af duwde naar de kelder. Daar zat hij in het donker op de turf, rillend, wachtend tot zijn moeder zou komen, maar het duurde lang want hij hoorde de torenklok twee malen. En hij zag telkens weer de gestalte, het lichaam weggesleept, hij dacht wat de man ermee zou doen.

Eindelijk kwam zijn moeder met de kaars en een boterham en terwijl zij hem voor zich liet gaan naar de achterkeuken beknorde zij hem op klagelijke toon. Ook toen zij hem de kleren uitdeed en hem waste ging zij voort, dezelfde verwijten herhalend. Wat ben je weer slecht geweest, zeide zij, altijd die streken en altijd aan het water dat je zo dikwijls verboden is, en vader die zich kwaad maakt omdat het zaterdag is en straks Tiel ervan hoort en die praat dan weer dat de ouders de kinderen niet in de deugd en de vrees grootbrengen. Wat moet er van je worden, denk daar toch aan, met al dat van huis lopen; in plaats van braaf je lessen te leren altijd aan het water en je kleren bemorsen dat je eruitziet als een schooierskind.

Gewoonlijk voelde hij zich zo schuldig dat hij niet kon antwoorden, maar deze keer had hij iets dat hij zeggen moest. Hij sloeg zijn betraande ogen tot haar op en meer kwam er niet uit zijn mond dan: Moeder, dat water – En dan zweeg hij weer en dan verweet zij hem weer dat hij altijd koppig zijn mond hield en niet zoals de anderen vergiffenis vroeg en open wilde praten. Toen gaf ze hem nog een boterham omdat hij zo koud was, hoewel hij er maar één verdiende voor zijn straf, en joeg hem naar zolder.

De volgende morgen riep zijn vader hem naast zich waar hij aan de tafel zat en hij vermaande hem beter zijn plichten te doen zoals de andere jongens en nooit laat thuis te komen, maar hij streek hem over het net gekamd haar. De zoveelste ondeugendheid van Maarten was vergeven.

De mist hing nog dik over de haven, de huizen en de bomen tegenover stonden duister en vaag. Toen de kinderen hun zondagse hoeden hadden gekregen stelden zij zich buiten op twee aan twee. Hun vader sloot voorzichtig de deur omdat er veel dieven waren onder het soldatenvolk. En zij traden bedaard hand aan hand achter hun ouders. In de kerk zetten zij zich ter wederzijde van hun moeder, hun vader ging naar de consistoriekamer.

Maarten had zich voorgenomen niet te suffen, maar goed te luisteren om alles te begrijpen. Hij raakte al in het begin van de preek verward omdat hij niet zo vlug kon denken aan de menselijke ellenden als de dominee erover sprak en wanneer hij dan nadacht over het kwaad dat hij gisteren pas gedaan had, zag hij in zijn verbeelding de dijk, niet mistig, maar helder en groen en op de rivier zeilde een schip. Hij keek naar de dominee, hij zag dat hij daar stond, met de handen op de kansel, in dezelfde houding als de douane en soms bleef het hoofd dreigend naar hem gekeerd. Plotseling boog hij zich diep, hij dacht aan een hand die de dominee bij de nek greep om hem weg te slepen. Everdine gaf hem een stomp en toen luisterde hij weer. De stem klaagde en beefde, eenzaam in de ruimte, het was hem of de kerk leeg was geworden. Hij was blij dat het gezang gedaan was en dat hij naar buiten kon gaan, de mensen liepen langzaam en keken treurig. Op de terugweg zag hij ieder huis aan dat opdoemde uit de nevel, of het verlaten was, en in de stegen die zij langskwamen was niets te zien. Hij stond heel die zondagmiddag stil voor het venster, terwijl zijn broertje alleen zat te spelen.

Niemand in het huis van Rossaart bemerkte dat van die dag Maarten niet meer dezelfde jongen was, niemand wist dat de rivier, die hem altijd het liefste was geweest dat er bestond, nu een geheim voor hem verborg en dat alle dingen, waar hij vroeger met plezier of verwondering aan had gedacht, nu ernstig naar hem keken, koud en verwrongen. Hij keek op voor hij de hoek van een straat omging, zijn voeten werden voorzichtig.

Een week lang bleef hij, wanneer hij na het eten buiten mocht gaan spelen, voor de sluis staan en als hij dan terugkeerde en een andere brug overliep, kwam hij vanzelf voor de Waterpoort, maar ook hier wilde hij niet verder, ook al hoorde hij aan de andere kant de stemmen van de jongens. Daar was het water, zo ver men zien kon grauw, met spiegelingen van de bomen en van een voorbijgaand schip, met donkere vlekken waar de wind eropviel, soms blinkend zoals de rug van een vis en soms grijs van de regen. Hij wilde er altijd spelen, liever dan in de polder zoals anderen deden, maar zolang de mist er hing wilde hij niet. Hij herinnerde zich nu dat de man, die het lichaam wegsleepte, een zwarte mond had en een stekelige baard en het lichaam hobbelde over de grond zoals hij eens een verdronken paard had zien voorttrekken. Een week lang bleef de mist over de stad en iedere dag bleef hij binnen de wallen, alleen en zonder te spelen.

Hij liep door de straten en hij keek alles aan, hij leerde ook het kleinste venster kennen. Sommige straten wilde hij niet gaan. Zo goed als in de Hoogstraat en op de Markt waren niet overal de keien en klinkers gelegd, er waren straten waar altijd plassen lagen. De markten vond hij niet zo vrolijk meer. Op de Appeldijk al scheen het dat de boten minder vis brachten want er stonden, nu hij ze telde, maar twee banken, ieder met een kleine bak, en een man met een vaatje haring. Hij hoorde de vrouwen ook zeggen dat de vis niet zo groot was als vroeger jaren omdat de grote een andere weg kon vinden, en de haringman zei dat men de goede hemel danken mocht dat er nog haring werd aangevoerd, met al dat vreemd gespuis in het land, en hij keek kwaad naar de verte. Op de eiermarkt was het nog schraler, daar stonden maar twee vrouwen en de ene vertelde aan een klant dat zelfs de meid van de adjunct-maire er maar zes had genomen, de eieren konden niet minder dan een stuiver zijn, maar de tijd zou komen dat de bomen groen werden van opgehangen douanen. Op de boter- en kaasmarkt stond een boer met de armen over elkaar naar de daken te kijken; zijn buurman riep hem iets toe en hij knikte terwijl hij bleef kijken. Maarten dacht dat hij stond te suffen, maar opeens keerde hij zijn hoofd naar de wacht die om de hoek kwam en hij spuwde op de grond. Op het plein voor de kazerne waren twee troepen aan het exerceren, die elkaar voorbijliepen, de sergeants schreeuwden. Een paar burgers stonden in een rij zwijgend toe te schouwen, een bakkersknecht vertelde, van twee broers die dienst hadden genomen door gebrek aan werk. Maar de anderen bleven voor zich kijken, zij zeiden niets. Aan het eind van de straat kwam de commandant aangereden, gevolgd door andere ruiters. Er werd op de hoorn geblazen, de wacht kwam haastig buiten en stelde zich in gelid, de vaandeldrager hield het vaandel rechtop. Twee der mannen die stonden te kijken wendden de hoofden naar rechts en naar links of zij naar iets zochten, toen gingen zij samen heen, langzaam, zonder een woord. Maarten zag dat zij als houten poppen liepen.

Op de school des morgens was het stil. Zijn zusje Neel zei dikwijls dat zij liever naar de grote school wilden, maar hun vader antwoordde altijd hetzelfde: de drie oudsten hadden bij meester Vrij geleerd, de drie jongsten zouden het ook doen, hij was de rechtzinnigste schoolhouder van de stad en het ging er goed Hollands toe. Het was een kleine kamer onder de Hoge Toren en zij zaten er om de ronde tafel, de twee jongens Tiel en Maarten met Wouter en Neeltje, de meester met zijn lange pijp bij het vuur, de benen uitgestrekt. Daar hij doof was hoorde hij het niet wanneer zij bij het opzeggen grote stukken oversloegen of andere dingen zeiden. Als hij niet naar hen keek trokken zij gezichten en Klaas Tiel deed hem na zoals hij uit de bijbel las. Hoewel Maarten wist dat het slecht was te lachen wanneer er uit de Schrift gelezen werd, lachte hij altijd mee. In deze week begon hij te merken dat wat de meester deed niet mal was, maar treurig. Hij zag de regelmatigheid. Wanneer de meester het boek opende zette hij altijd eerst zijn muts recht, altijd met de ene pink schuin. Wanneer de torenklok sloeg legde hij de handen over elkaar; na de laatste slag stond hij op, keek voor het venster en kwam met kleine pasjes terug naar zijn stoel. Het was altijd zo geweest, maar nu scheen het Maarten of de meester bij het slaan van de klok een nare gedachte kreeg. Hij lachte niet meer en hij verveelde zich. Daarom tekende hij evenals Klaas.

Eens ontdekte de meester het. Klaas had poppetjes gemaakt en hij zei niet dat zij Noach en de meester voorstelden, hij kreeg maar een berisping met de vinger opgeheven. Maarten had een boom gemaakt en toen hij zei dat er douanemannen aan opgehangen waren, schrok de meester en schold hem voor een infame oproerling die de van de Here gezonden overheid durfde lasteren, en hij toonde niet eens berouw. Klaas en Gerrit vertelden ervan, de jongens van de grote school riepen hem na dat hij een oproermaker was, en Tiel, die altijd aanmerking op hem had, wenkte hem waar hij voor de winkel stond, en zeide dat hij zijn straf niet ontgaan zou. Ook zijn vader vroeg waarom hij douanen wilde ophangen en toen hij bleef zwijgen zeide hij dat hij een lastige jongen werd.

Hij had al een rare en een ongehoorzame jongen geheten omdat hij veel aan het water speelde en er dikwijls inviel, nu begon hij een lastige te heten. Soms durfde hij zijn vader niet aan te zien, soms vroeg hij zijn moeder wat hij toch gedaan had. Maar wat zij antwoordde, tegelijk vermanend en troostend, dat hij niet deed zoals de andere jongens en dat er altijd op hem te zeggen viel, dat was het niet. Hij begon in zichzelf te vragen.

Toen het weer zaterdag was en hij weer voor de Waterpoort was blijven staan, liep hij naar huis omdat hij honger had gekregen, er was niemand dan zijn moeder en de werkvrouw in de achterkeuken. Het was stil in de huiskamer waar hij zijn brood at, net en zindelijk. Hij vond de nieuwe spiegel met de gouden lijst lelijk, maar al de anderen vonden hem juist heel mooi. De matten stoelen voor de kinderen, in een rij aan de wand, vond hij saai. Van de klok, met de zware gewichten en het langzaam tikken zonder einde, had hij nooit gehouden. Het aardigste was de ladenkast waar zijn vader de papieren in borg, maar in de bijbel die erop lag, met het cijferboekje en de almanak ernaast, had hij een tegenzin. Hij had eens in de hoek moeten staan omdat hij hem de 'ziezo' had genoemd en niemand had geweten waarom. Het was een donkere lege kamer en Maarten verlangde ernaar dat de mist zou optrekken. Hij zou weer 'ziezo' willen zeggen, maar hij ging gauw de deur uit en hij liep door de straten, de lichten tellend die al aangestoken waren. Toen hij stilstond was hij buiten de Kansepoort. Hij keek naar de schildwachts die heen en weer liepen en naar twee douanen die aan de overkant de dijk opgingen.

Deze keer was hij op tijd voor het eten terug. Hij kreeg weer koek en hij speelde ganzenbord terwijl aan het andere einde van de tafel zijn ouders met Tiel en zijn vrouw bij het koffielicht zaten.

Jacobus Rossaart was een geacht burger die vroom leefde en zijn vak zo goed verstond dat de ingenieurs naar zijn raad handelden. De maire had hem verscheiden keren een hoge plaats aangeboden, maar hij had altijd geweigerd, zeggend dat hij tevreden was met zijn werk aan dijken en polders en dat hij ook geen Frans kende en dus moeilijk met de heren kon samenwerken. Hij mengde zich niet in gesprekken over het bestuur. Toen in de herfst de keizer en de keizerin gekomen waren had hij op een werk in de Bommelerwaard moeten toezien en hij had zijn kinderen verboden te gaan kijken, wegens de gevaren van het paardenvolk, alleen Maarten was er geweest, varende in een schuitje naast de boot van de keizerin. Zelfs Tiel, die al van de schooltijd met hem omging, wist niet zeker hoe hij over het bestuur dacht. Rossaart klaagde niet over de belastingen noch over de prijzen van de achtergehouden waren, en toen hij ze te duur vond kwamen alleen 's zaterdags koffie en tabakspot op de tafel.

Op deze avond, die zij al jaren onderhielden, was het naar gewoonte Tiel die vertelde, want hij had veel te maken met beurtschippers en boden, die hem de tijdingen brachten van Amsterdam en Den Haag, van Antwerpen zelfs, en daar hij de grootste winkel in de Hoogstraat hield vernam hij meer dan een ander het nieuws in de stad. Hij sprak met knipoogjes voor de goede verstaander om aan te duiden waarom de maire met een bedrukt gezicht het huis van de Franse kolonel was binnengegaan, of waarom een zekere heer de postkoets naar Den Haag had genomen. Hij wist nauwkeurig hoeveel soldaten er in de afgelopen week gedrost waren en wat de tolbeambten boven hun soldij verdienden. Hoewel Rossaart noch zijn vrouw klaagde gaf hij herhaaldelijk de raad te berusten en de beproevingen te dragen gelijk zij van de Almachtige gezonden werden. Het was altijd zijn stem die Maarten hoorde, langzaam en eentonig als het tikken van de klok, en nu hoorde hij dat de stem van zijn vader flauw klonk, of hij geen antwoord wist of niet zeide wat hij dacht. Hij keek beiden aan en hij wilde iets vragen, maar hij wist niet wat. Binnen een week nadat hij een geheim had weggesloten waren zijn ogen en zijn oren opmerkzaam geworden en begon hij al te zoeken naar een oordeel.

De drie die ouder waren dan hij, zijn zuster Everdine, zijn broers Barend en Hendrikus, merkten het eerst dat hij eigenzinnig werd en het beter wilde weten. De zuster zette hem terecht met scheldwoorden, de broers deden het met stompen, maar hij schold luider terug, hij sloeg feller dan hij ooit gedaan had, de stoelen vielen om en als de moeder tussenbeide kwam werd hij kwaad dat hij de schuld kreeg.

Ook met de vrienden kreeg hij verschil. Hij had nooit meegedaan met jongens die, al naar het seizoen, met hoepels en knikkers, vliegers en tollen speelden, maar van kleins af een troepje gevolgd dat langs de waterkant zwierf en als zij een schuitje konden krijgen de rivier op gingen, kinderen van sluiswachters en baggeraars, onder wie hij de enige was die geen klompen droeg, jongens voor wie het avontuur het spel was en die vaak natte kleren hadden. Sommigen deden maar kort mee, tot hun vader ontdekte dat zij handig waren met bootshaak en riemen of helpen konden een sloot uit te halen, maar vier liepen al van de vorige zomer de beide oevers af en daar zij niet naar school gingen wisten zij meer van de rivier dan Maarten. Wanneer het water begon te wassen of te zakken hadden zij het even gauw opgemerkt als de veerman.

Toen de mist eindelijk was opgetrokken en de wind de lage wolken over de stad dreef kwam Maarten weer buiten de wal. De jongens waren er bezig een praam, die tussen het riet zat, af te stoten. Zij riepen hem, hij kwam en sprong erin. Zij gingen langzaam, twee aan twee aan de zware riemen, stroomaf dicht langs de oever. Bij de bocht zagen zij op de dijk een douane staan en Evert wist dat er ginder nog een stond, zijn vader had gezegd dat dit de plek was waar smokkelaars kwamen. Een ander zei dat de douanen zelf smokkelden, de palingvissers hadden bij Sleeuwijk een steek zien drijven. Hein begon hard te lachen en wees naar Maarten, met wijde mond en verschrikte ogen, en toen zij allen lachten zeide hij dat hij naar land wilde, Arie, de grootste, een jongen die nooit vocht, riep dat zij hem niet tegen moesten houden en de schuit werd naar de kant gebracht. Zodra hij eruit was staken de jongens weer af, honend dat hij maar met zijn zusje eropuit moest gaan.

Maarten zag de stapel rijshout, waar de takken rondom lagen, en ginds een douane die naar hem keek. Hij wilde niet bang zijn. Naast zich hoorde hij het water klotsen, hij bukte en waste zijn handen erin. Zo zat hij een poos, kijkend hoe het water tussen zijn vingers ging. Toen sprong hij op en zocht stenen om erin te gooien.

De volgende dagen ging hij weer met de jongens uit, maar hij merkte dat er iets veranderd was. Zij spraken over een steek die dreef en over smokkelaars zonder ervan te weten, zij hadden geen lichaam zien wegslepen en geen laarzen gehoord die door het water stapten. Voor hem was de rivier een diepte die iets verborg waar hij bang voor was.

Eens toen zij bezig waren een haventje te maken keerde Hein zich naar hem om en noemde hem een sufferd omdat hij naar de verte stond te kijken. Hij gaf een slag want op een scheldwoord moest gevochten worden. Het woord sufferd, van die dag vaker genoemd, gaf de scheiding tussen de jongens en hem. Hij vocht dikwijls en hun spel was het zijne niet meer. Zij maakten een kuil met een walletje van modder eromheen en zij schepten het water erin alleen om de bezigheid voor de handen en de voeten. Maarten wilde het anders doen.

Op een droge middag vroeg hij Dekker, die in de schuur het werkgerei van zijn vader hield, om een kleine spade en ging alleen uit. Hij wilde niet zo ver gaan als de bocht, maar hij zocht lang aan de oever voor hij de geschikte plek vond. Daar tekende hij een vierkant voor de kuil en iedere spade grond, die hij stak, legde hij passend naast de vorige neer, zodat het een recht walletje werd, hard geklapt. Daarna groef hij de geul, hetgeen langer duurde omdat dicht bij het water de modder dun werd. Toen de geul diep genoeg was dreef hij de steel van de spade door het walletje en hij zat gehurkt om goed toe te zien hoe het water binnensijpelde, hoe de grond week werd en afbrokkelde. Dan bleef hij alleen maar kijken naar de kuil die vol was gelopen. Hij merkte hoe stil het was, hij vond het prettiger alleen bij het water te zijn.

Het schemerde, hij moest gauw naar huis. En zich omkerend ontwaarde hij in de verte tegen de gele lucht een douane die heen en weer liep.

II

De jongen, die al vroeg zijn aandacht buiten zijn woning had gevonden, werd voor een nat pak al te streng gestraft. Hij beloofde niet meer aan de rivier te gaan spelen en hij deed ook wel zijn best, maar zijn voeten brachten er hem naartoe of hij het niet helpen kon. Toen hij elf jaar was werd hij bijna iedere dag geslagen. Wanneer zijn vader de huisdeur binnentrad keek hij naar de stok, die in de hoek stond, en riep hem. Hij had gezworen hem te buigen en er een behoorlijk mens van te maken. De jongen onderging de tuchtiging als het slot van het spel en zijn berusting werd verstoktheid genoemd waarvoor de slagen harder moesten vallen. Tegen de dwang van de meester echter, de terechtwijzing van de catechisatiemeester, de schimp van broers en makkers, begon hij zich met heftigheid te keren. Toen de meester hem met de regel op de vingers tikte, sprong hij op, rood van gezicht, en liep de schoolkamer uit. Toen de catechisatiemeester hem onderhield omdat hij voor de tweede keer was weggebleven, manend aan de boosheid van zijn jeugd, en vroeg of hij dacht dat God de ongehoorzaamheid ongestraft zou laten, durfde hij, die altijd zijn mond hield, driest de ogen opslaan en antwoorden: Jawel, dat denk ik, ik heb geen kwaad gedaan. Tiel hoorde ervan en zeide Rossaart dat dit kind van een harde hand verbetering behoefde, wilden de ouders er niet al hun dagen verdriet van hebben.

De uiterste kastijding was hem al gegeven, hij had al herhaaldelijk een dag lang in de koude kelder gezeten, zijn moeder begon te klagen dat hem te dikwijls het brood onthouden werd en Rossaart sprak ervan dat hij een jongen als deze ter zee zou sturen als er maar schepen naar buiten konden gaan. De slechte luim van de vader, de jammerklachten van de moeder, de twisten onder de broers en de grotere zuster, het kwam alles door Maarten, die er zwijgend bij zat, onverschillig voor boze woorden en blikken omdat hij zich niet meer thuis gevoelde en liever dacht aan zijn spel bij de rivier.

Maar op een dag gaf hij zulke ergernis dat zijn vader hem niet eens sloeg, maar opspringend, met een verbleekt en hard gezicht de woorden sprak die het noodlottig vonnis werden.

De zuster Everdine, de oudste der kinderen, maakte aanmerking op Maarten ook als geen ander iets te vitten zag, op een toon van smalen en sarren. De moeder had het haar verboden, maar zij zeide het telkens weer als die het niet kon horen, dat hij een goddeloze was die het merk droeg en bij het zwerverspak zou komen, en de plagerij trof hem feller dan de strengste kastijding. De vader zat voor zijn cijfers, hij en zij stonden voor de tafel, zij had het weer gezegd en hij keek haar aan. Toen voegde zij erbij: De dominee zegt dat dezulken in verdoemenis vallen. Hij schreeuwde: Loop naar de duivel met de dominee en zijn bijbel.

En hij sloeg haar met zijn vuist op de mond. De vader was opgesprongen, beiden wachtten en Maarten wist wat komen zou. Hij zag hem voor het raam de arm heffen en de vinger naar hem strekken en achter zich hoorde hij zijn moeder die binnenkwam. Zijn vader sprak: Die jongen hoort bij ons niet langer thuis.

Maarten mocht niet meer aan het eten komen, hij ging zodra de borden werden gebracht naar de keuken en zat daar alleen. In de huiskamer hoorde hij de stemmen die langzamer en stiller klonken, de stem van zijn moeder nu altijd klagelijk. Wanneer zij hem zijn bord bracht stond haar gezicht naar huilen, hij zag ook dikwijls haar ogen nat en dan schudde zij haar hoofd. Die dagen kwam hij niet buiten de wallen omdat hij aan zijn moeder dacht, zuchtend bij haar werk, en aan zijn vader dacht hij alleen hoe hij tegen het venster stond met de arm uitgestrekt. Soms dacht hij ook dat hij het niet gemeend had de dominee te verwensen, want die sprak van verdoemenis voor alle mensen die zonde deden, niet van hem alleen.

Aan het eind van januari woei de strakke oostenwind dag na dag zonder te minderen en maakte de straten hard en helder, het ijs in de haven werd iedere morgen voor de schuiten stukgehakt en iedere morgen zaten de schotsen weer vast. De mensen spraken ervan of de winter zo streng zou worden als voor drie jaren, maar het duurde niet lang of de wind klemde ook deze keer de Merwede tussen de oevers dicht. En na de jongens met hun priksleden zag men de postbode van Woudrichem met een schouw, zeilende over het blanke ijs.

Maarten was met de jongens op de schaats gegaan. Bij de koektent had hij gedacht wat daaronder lag en hij had het zo koud gekregen dat het was of hij zijn benen niet bewegen kon. Hij keerde terug, hij merkte dat hij steeds langzamer voortkwam tot hij dicht voor de stad een man moest vragen of hij met hem op mocht leggen. Aan de oever, de schaatsen afgebonden, keek hij angstig de ijsvlakte aan.

De rivier was nog toegevroren toen zijn moeder haar jaarbezoek ging brengen bij de grootmoeder aan de overkant. Zij nam zijn zusje en ook Maarten mee. Toen hij hoorde dat zij met de postbode over het ijs zouden gaan vroeg hij haar of hij thuis mocht blijven, maar zij antwoordde dat hij mee moest omdat het niet ging met vader, en hij mocht de hengselmand dragen. In de schouw zat hij verwonderd te staren naar al het ijs tot de verte toe, niet anders dan hard geworden water en toch niet hetzelfde. Het paard gleed soms uit ondanks de spijkers aan de hoeven. De man aan het leidsel zei dat er verandering in de lucht zat en dat was maar goed ook als men aan de stakkers dacht die de kost niet hadden, en toen hij vroeg of hij graag reed schudde Maarten met afkeer het hoofd. Ook in de kar, op de dijk naar Brakel, bleef hij kijken naar de harde vlakte, kaal en blinkend. In de kamer van de grootmoeder was het warmer dan thuis, er hing rook van turf en er knetterde hout, de pit van de koffieketel had een heldere vlam. Voor het donker werd ging hij nog buiten kijken. Het kleine huis, vlak aan de sloot, stond afgezonderd van de andere, het had de deur aan de zijkant of het naar het dorp keek. Het dak, spitser dan van de huizen ginds, stak boven de dijk uit, donkerrood naast een wolk die aan de hemel was gekomen.

Maarten zat weer aan de tafel. En hij luisterde zoals de grootmoeder las, hij zag het voor zich. Onder het eten merkte hij dat de tante naar hem keek en toen zij hem toeknikte knikte hij terug en zij lachten beiden. Zij had een vrolijke stem en zij vertelde van haar streken toen zij een kind was, terwijl zijn moeder en zijn grootmoeder erom lachten.

De morgen daarna bleef de grootmoeder op bed, maar zij was niet ziek want zij liet de kinderen bij zich roepen en gaf hun stroopballetjes. Buiten zag Maarten dat de bode goed had gezien, de goot droppelde en de lucht hing grijs. Hij en zijn zusje mochten met tante Jans mee naar het dorp. Zij sprak veel, met een lach op haar blozend gezicht en ook haar ogen lachten, het deed hem goed zoals zij hem soms bij de schouder trok om dichter bij haar te lopen.

Altijd je ouders eren, sprak zij, dat doet een kind vanzelf en daar hoeven wij de Schrift niet bij te halen, maar altijd gehoorzaam zijn is te veel gevergd, ik zou het nog niet kunnen. Als we maar doen wat goed is, niet? Een beetje geven, een beetje nemen en mekaar helpen, zo komen we de dag wel door.

En zij hield twee mannen voor een praatje aan, die naar de dijk kwamen zien en vertelden dat er volgens bericht hogerop al werking zat in het ijs en het was op sommige plaatsen zwak gesteld met de dijken, te lang verwaarloosd. Dan had zij een verstandig woord, zodat de mannen knikten en minder bedrukt schenen toen zij verder gingen. Evenzo in de winkels waar zij een praatje maakte, het waren gewone dingen die zij zeide, op luchtige toon gesproken, maar de mensen hoorden de welwillendheid om te begrijpen en te vergoelijken. Binnen twee dagen liep Maarten tante Jansje na waar zij ging en zij zei dat de jongen meer op haar leek dan op zijn moeder, als zij hem kwijt wilden zou zij hem graag meenemen, haar huis in Bommel was veel te groot voor haar alleen.

In die dagen dat zij niet naar Gorcum terug konden keren omdat het ijs te wrak was en toch te dik om een sleuf te maken, had Maarten veel te zien. In het dorp stonden op verscheiden plaatsen groepen mensen te zamen op de dijk, de vrouwen met doeken over het hoofd voor de koude motregen, uitkijkend naar de verte of naar de overkant, en iedereen die aankwam ondervragend of er nieuws was daarginds. Voor het schoutshuis gingen mannen af en aan, er kwamen er gedurig meer en een baas op de stoep wees er telkens twee of drie aan, die dan bossen stro en paaltjes op de rug namen, hout en spaden, en heengingen naar hun wacht. Wanneer er een bode te paard kwam aangereden snelden alle mensen naar het schoutshuis, want daar zaten de noodraden, zij stonden dicht opeen te wachten en de tijding werd van mond tot mond herhaald: bij Nijmegen was het aan het kruien, het water stond er twintig voet, bij Oosterhout scheen het niet te houden, bij Druten steigerden de schollen. Tegen de schemer werd het roeriger in het dorp, er gingen meer mensen dan anders met lantarens rond, en vele brachten hun bundels in de pastorie omdat daar de hoogste zolder was.

De grootmoeder was opgestaan, de vrouwen waren druk met pakken en beddegoed naar boven dragen, al de potten en pannen uit het onderhuis, al het keukengerei werd in manden en kisten gelegd. Na het avondbrood zonden zij Maarten uit om te horen wat nieuws er was.

Links en rechts en aan de overkant brandden de wachtvuren met een rosse gloed in de lucht erboven en hier en daar, waar de vlammen schitterden, gleden er schijnsels over het ijs. Hij ging eerst de dijk af en stond voor hij erop bedacht was in het water. Hij begreep dat het van boven afgelopen was, hij stak er zijn hand in en het reikte tot zijn pols. Toen liep hij naar het naaste vuur toe even voorbij het Huis, daar waren drie mannen met kruiwagens bezig binnendijks, hij vroeg of hij helpen mocht en hij vertelde dat het water al een stuk boven het ijs lag. Een van de mannen wierp zijn spade bij het vuur neer, hij ging met een peilstok omlaag en toen hij terugkwam zei hij dat zij aan die kant wel een paar stokken konden slaan, de grond was hem daar al te zacht en op deze plek had het al meer gekweld. Maarten droeg stokken en horden aan en hij moest stro op het vuur gooien om hoger licht bij het werk te hebben. Dan zonden zij hem naar het dorp om de baas te waarschuwen, hij werd voor de schout gebracht, die met andere mannen aan de tafel zat en vroeg hoe hij heette. Een brave jongen, zei hij, en help maar wat je kan voor je evennaaste.

Maarten liep voorop met de lantaren, slingerend aan een stok, achter hem gingen de mannen met spaden, de regen begon dichter te vallen. In alle woningen scheen licht door de ruiten en men zag de mensen bezig met hun huisraad. Toen zij bij de wacht kwamen hoorden zij een knal en gekraak uit de duisternis. Maarten draafde tussen de mannen in het licht der vlammen, nu met de hooivork de vonken uit het vuur rakelend, dan naar beneden springend, hij spitte en droeg takkebossen aan. En hij zocht een eind verder binnen en buiten de dijk, stampend op de grond of er nog andere zwakke plekken waren. En vlak bij de sloot naast een huisje stapte hij door water. Voor de verlichte bovendeur zag hij een man, hij riep hem toe: Water aan deze kant. De man schreeuwde een vloek in de nacht, Maarten liep het dijkpad terug om te waarschuwen. In de verte klonk een knal, gevolgd door het geluid van scheuren bij de oever. De baas beval hem in het schoutshuis de ratel te halen en ermee rond te gaan om meer volk te roepen. De torenklok sloeg al elf toen hij nog langs donkere paden ging, stilstaande voor iedere woning en de ratel draaiend tot er iemand de deur opendeed. Na middernacht zag de schout hem, die hem naar huis zond, zeggend dat hij morgen weer kon helpen.

Tante Jans zat nog bij de kaars te breien en terwijl zij hem warme melk en brood gaf zeide zij dat zijn moeder ongerust was geweest, maar zij was zelf uitgegaan om hem te zoeken en zij had gehoord dat hij bij de dijkwacht hielp. Zij bleef naar hem kijken tot hij gegeten had, toen bracht zij hem naar zolder en dekte hem toe.

Toen hij de ogen opende was het nog grauw, zijn tante stond voor hem en wekte hem op te staan. Het regenwater kletterde uit de goot. Het kon wel erger worden dan voor drie jaren, zeide zij, hem wijzend door het dakvenster uit te kijken. Recht voor hem staken de punten van ijsschotsen boven de dijk.

Het was een zondag van angsten in het dorp. Er gingen weinig mensen naar de kerk waar, bij het opengaan van de deur, de stem van de dominee hoog en smekend klonk. Jongens dreven koeien de smalle paden naar buiten op, ver weg hoorde men het geloei van de beesten. Er vertrokken ook karren met de kleine kinderen en huisraad, want op het herenhuis van Poederoien was men veiliger dan ergens anders beneden de Meidijk. Karren reden er ook met klei geladen, mannen met spaden en planken liepen haastig naar de plek waar al van de avond tevoren gewerkt was. Daar waren zij bezig een kisting te maken aan de binnenzijde, want buiten viel niets meer te doen, het ijs stapelde zich op, gedurig voortgestuwd, en viel soms in grote schollen zwaar over de dijk. Ginder op de stroom was het breken en barsten te horen, nieuwe stapels rezen en dreven vast bijeen tegen hogere, dan stortte er weer een, andere schotsen verder dringend. Gestadig werkten mannen en jongens en niemand hield op wanneer er een bode kwam, die in het voorbijgaan een bericht riep.

Na de middag werd het stiller in het dorp. Het geluid van de ijsgang klonk nu aanhoudend en in de kerk zongen vrouwen de gezangen. Met andere jongens droeg Maarten de kannen koffie naar de dijk. Tegen donker riep de schout hem en beval met de ratel bekend te maken dat het iedereen geraden was in het schoolhuis en in de pastorie de nacht door te brengen. Laat in de avond, toen hij naar huis zou keren, werd er gezegd dat het bij Gameren begon in te lopen.

Maarten ontwaakte door huilend geroep. Hij sprong de trap af, de tante die achter hem kwam greep hem bij zijn buis en trok hem terug de treden op voor het water binnenstromend over de onderdeur. Hij worstelde, hij wilde eruit naar het gillen van zijn moeder en zijn zusje buiten. Het water steeg snel in de kamer, ook de grootmoeder greep hem, hij werd naar boven getrokken. Hij klom voor het dakvenster, hij schreeuwde van hetgeen hij zag. Een berg van ijsschotsen stortte tegen het huis dat kraakte en schudde dat de dakbinten braken, de pannen vielen. De klok luidde gedurig, hij hoorde buiten de stem van de schout. Er waren mannen op het dak die met bijlen aan het venster begonnen te slaan en de spanen wegrukten. Een grote hand greep hem en trok hem door het gat, hij werd langs de ladder naar beneden gelaten en viel in de schuit. Hij zag ijs overal, opgestapeld, kantelend, voortgestuwd, ginds de toren en daken, maar nergens land, nergens de dijk. Hij stond rechtop en zocht, er was niets dan water en ijs, ginds huilende mensen en mannen die riepen, en overal bulkten de koeien in nood.

 De tante drukte hem vast onder de mantel, zij bedekte zijn hoofd, zij zeide telkens: Stil maar. De grootmoeder riep met de handen opgeheven: Here, Here, wat hebben wij gedaan.

III

De dominee had aan Tiel gezegd dat er goede hoop was de afgedwaalde voor de weg van het verderf te behoeden, en Tiel had de jongen in de Hoogstraat aangeroepen en hem vermaand de straf, hem voor de zonden toegemeten, in boetvaardigheid te dragen. Wat je vaders zwakke mensenhand niet vermocht heeft, zeide hij, dat heeft de ondoorgrondelijke Heer verricht, zijn toorn heeft je gebogen. Bid, jongen, beken je schulden.

Maarten keek naar de grond, langzaam door de straten lopend. Het spel was voorbij. Zijn vader had toegestemd dat hij bij het werk zou komen, maar er was al maanden niets te doen, Rossaart zelf en de oudere jongens zaten thuis. Er stond bij het eten maar één kaars op de tafel. Wanneer de schotel opgebracht werd keek de vader onderzoekend of er niet te veel gekookt was, want in de kelder lag voorraad voor niet meer dan vijf maanden, maar Everdine zei telkens weer: Laten we maar dankbaar zijn voor de gunst, veel mensen in de stad zijn niet gezegend met tien mud in de kelder, behalve meel en gepekeld vlees. Er valt geen musje ter aarde zonder zijn wil.

Zij baden lang, zij aten zwijgend. En wanneer Everdine de tafel had afgeruimd en in de keuken haar werk ging doen, legde de vader de bijbel weer voor zich open, ook de jongens namen hun kleine bijbels, en zij lazen. Er was niets te horen behalve de wind door de takken buiten en de torenklok ieder half uur. En Maarten zat soms te denken aan het gezicht van tante Jans die, met de ogen toe, van neen geschud had toen de grootmoeder gesproken had van God die liefheeft en kastijdt.

De stilte in huis van morgen tot avond maakte hem onrustig, maar hij wilde niet uitgaan, hij wilde lezen zoals de anderen. Barend en Hendrikus lazen langzaam met de vinger langs de regel, zij sloegen bijna tegelijk de bladzijden om. Alleen wanneer Wouter van school kwam klonk er een luide stem en dan deden zij allen hun boeken toe.

Op een zaterdagavond zei Tiel dat Rossaart voor zijn zoon werk moest schaffen, immers voor een jongen zoals deze, die nog niet tot de bekering was gekomen, was de ledigheid des duivels; hijzelf kon hem in zijn winkel niet gebruiken, maar wellicht vond Aker van de Tolsteeg bezigheid voor zijn handen. De raad werd gevolgd en Rossaart kwam met de jongen in de duistere werkplaats.

Man, zei Aker toen hij aangehoord had, zie zelf maar hoe leeg het in de winkel is, mijn hout is weggehaald en niemand die iets te doen geeft. Eens in de week een kist voor een evenmens die verwisseld heeft voor het betere, dat is alles en ik houd nog tijd genoeg met mijn beide jongens. Maar het is plicht mekaar te helpen. Om zeven uur begint de dag hier, vrind.

Het was donker en het regende toen Maarten de eerste morgen voor de winkel kwam, de voor- en de achterdeur vond hij nog gesloten. Er gingen karren langs en soms een koets, gevolgd door douanen en nationale gardes, en toen hij op de Markt voor de Wacht fakkels zag komen, liep hij erheen. Daar stonden soldaten in gelid, en vier koetsen, waarin vrouwen en kinderen in doeken gewikkeld zaten, kwamen aangereden en hielden stil. Hij bleef kijken tot de klok half sloeg, toen rende hij terug. Aker legde de schaaf neer, zeggend dat men altijd beginnen moet met genade voor recht te laten gaan, maar hij waarschuwde dat nieuwsgierigheid een stinkende ondeugd was. Dat de Fransen bij ontij door de stad wilden trekken mocht Maarten niet van zijn plicht weerhouden. Toen liet hij hem de muts afnemen om te zamen met hem en zijn zoons het gezang te herhalen dat zij pas gezongen hadden. Na gebed en amen wees hij hem de krullen bijeen te zamelen zonder te kreuken en Hendrik leerde hem hoe een vuurmaker gedraaid werd.

Heel de dag klonk onder het beitelen, zagen, spijkeren, de stem van Aker, die uit het geringste de godsvrucht zocht te leren, een zaak nu beschouwende van de kant der verdorvenen, die voordeel en lust trokken uit het kwaad, dan van de kant der verkorenen die loon ontvingen voor hun bekering, of wel overwegende wat het oordeel van God kon zijn. De zoons werkten rustig door terwijl zij luisterden en soms een vraag stelden ter verklaring en dan even nadachten met het werktuig in de hand. Voor Maarten werd het duidelijk dat de woorden een grotere betekenis hadden dan hij tot nu toe geleerd had. Zoals Aker het uitlegde had hij het nooit verstaan, dat hij slecht geweest was van zijn geboorte af en dat hij met iedere daad en iedere gedachte zijn zonden vermeerderde, het werd bewezen uit hetgeen geschreven stond. Eveneens dat er voor de zondigheid geen uitweg was dan de gerechte verdoemenis of wel, maar dit gebeurde zelden, de boetvaardigheid die door de rechter werd aangenomen. Al het ongeluk van de mensen, werd hem verklaard, zoals ook nu over de burgerij viel, was bestraffing van het kwaad dat hier gedaan was, nu en vroeger. Maar duizend en veel duizend keer erger zou de straf zijn die een ieder wachtte in een volgend leven. Zij waren bezig een kist te timmeren voor een weduwe die bekend gestaan had voor haar lasterlijke tong, en Maarten, de krullen rapend, vroeg of zij zeker in de hel zou komen nu zij geen boete meer kon doen. Aker trok de wenkbrauwen op, hij antwoordde dat hij een nederig man was, zonder kennis van het raadsbesluit, maar naar menselijke rekening ging het die weduwe gruwelijk op dit eigen ogenblik. Maarten dacht aan zijn moeder en zijn zusje. Alleen gebed, mijn vriend, herhaalde Aker, bekering en gebed. En de jongen in tranen ziende liet hij hem de handen vouwen en hij bad voor.

Maarten bad bij de aanvang van het werk en voor het schaften, vaak ook in een ogenblik dat hij moest wachten. Maar wat hij bidden wilde durfde hij niet uit te spreken in het bijzijn van Aker en de jongens. Baas, zei hij op een dag, ik zal stil bidden, niemand hoeft te weten wat ik zeg. Aker schold het voor hovaardige veinzerij.

Het werd nog stiller in de winkel toen de soldaten van de genie al het hout weg kwamen halen en Aker mee moest, de ene keer voor de inrichting van het hospitaal, de andere voor werk aan de kazematten. Want hoewel in die maand het garnizoen tienmaal groter was geworden met soldaten uit Utrecht, uit Antwerpen, uit Den Helder, voor het deugdelijk werk had men de ambachtslieden nodig. Het was vol in de straten, ieder huis had inkwartiering. Toen de omroeper bij bekkenslag bekend had gemaakt dat het beleg was en de maire het bestuur aan de generaal had overgegeven, gingen overal de soldaten binnen om de voorraden op te schrijven. De buren stonden bij elkander op de stoep klagend, met felle blikken naar de vreemdelingen, enkele vloekten, maar de meeste zuchtten en gingen onderdanig opzij voor een soldaat met geweer. Vele gegoeden verlieten de stad, met de doortrekkende beambten de weg gaande naar Breda. Nu er geen werk meer te vinden was nam het gebrek onder het geringe volk snel toe en hoewel er veel te doen viel voor behulpzame handen, huisraad vervoeren naar veiliger kelders, of opgevorderde waren, hout en turf, naar de magazijnen, het werd schraal geloond, en voor de bedeling bij het Tuighuis zag men elke morgen meer mensen met hun ketels staan, men rekende dat zij, de kinderen meegeteld, in aantal meer waren dan de weldoeners. En er kwamen nog meer troepen, voor wie nog meer mondkost uit de omliggende dorpen werd weggehaald. De mannen, die niets te doen hadden, stonden op straat en op de Markt te kijken, te wachten, te luisteren naar berichten. Morgen en middag ging de bekkenslager rond: woningen buiten de wallen moesten ontruimd en afgebroken worden, bomen omgehakt; de burgers moesten zorgen dat zij voor een jaar leeftocht hadden; niemand mocht op de wallen komen, niemand mocht zonder pas buiten de poorten. De officieren werden bezorgd en ook de burgers vernamen de tijdingen, dat de geallieerden meester waren van bijna heel het land en dat er niet veraf van de torens Hollandse vlaggen woeien. Voor Papendrecht lagen al Hollandse oorlogsboten.

Er kon elke avond bidstonde gehouden worden dank zij Tiel die, hoewel de militairen zijn winkel kaal geroofd hadden, toch altijd een paar kaarsen bracht. Voor de klanten had hij niets meer, maar de vrienden, die na de oefening met hem huiswaarts keerden en een ogenblik bij hem binnenkwamen, kon hij nog dienen met puike waar, al was het weinig, en de volle tabakspot zette hij gul op tafel. De jongens, die hij soms ook binnenliet om een boterham te eten, wisten dat hij onlangs, toen de weg naar Schelluinen nog vrij was, veel had aangebracht zonder van de douanen gemoeid te worden.

Op een avond in zijn grote kamer sprak de dominee, met de pijp in het midden van de kring, lang na over hetgeen hij in de kerk gezegd had. God had de burgerij zware beproeving opgelegd, des te zwaarder omdat hij voor de geseling paaps volk tot zijn werktuig gebruikte; een iegelijk kende de mate van zijn schuld, een iegelijk wist hoe duur hij betalen moest, met zijn bezit, straks wellicht met zijn leven. Vreselijk was de verbolgenheid al gevallen op het hoofd van Rossaart die zelf, beter dan een van hen, beseffen kon waaraan hij het verdiend had. Met enige vreugde had hij waargenomen dat de verstokte zoon, die zoveel smart over zijn vader had gebracht, zich bekeerd had. Mocht het voorbeeld gevolgd worden door de ettelijken in de stad die nog volhardden in het kwaad. Maar hij vreesde zeer dat zij nog verre waren van het einde hunner beproevingen, dat de ergste noden van de krijg nog te lijden zouden zijn.

Maarten keek door tranen naar zijn boterham en toen hij naar huis gezonden werd liep hij achter zijn broers te snikken. Op bed wilde hij de ogen niet sluiten omdat hij telkens die morgen van ijs en water voor zich zag en telkens bidden moest om gerechte straf voor zijn zonden. Met ogen van vuur zag God hem aan, maar hij vroeg niet om vergiffenis want de gruwelijkste straf had hij verdiend.

De volgende morgen voor het werk zeide hij de baas dat hij niet meer wilde bidden. Hij kende al zijn schuld, hij had door zijn lastering en vele andere verkeerdheden de verdoemenis over het huis gebracht, waarvoor de straf al gevallen was vorig jaar met het water in de Bommelerwaard, maar niet genoeg want nu moest ook de stad nog verdelgd worden door het vuur, en wat kon hij bidden, hij die wist dat het zijn verdiende loon was. Komen moest het toch, hij kon het niet ontgaan, hoe dieper in de hel hoe beter. Aker, hem bij de schouders grijpend, schudde hem voor- en achterwaarts, schreeuwend: Zondaar, ellendige zondaar, hellekind, bidden zal je, voor je vader, voor je broers, voor je naasten, bidden zal je nu de nood stijgt. Morgen verschijn ik voor het eeuwige gericht en wat zal ik antwoorden als mij gevraagd wordt wat ik met mijn dienstknecht gedaan heb? Bidden zal je en als het niet voor jezelf kan baten, dan toch voor ons.

Die dag was Sinterklaas, het werd in geen enkel huis gevierd. Wel liepen in de ochtend op het exercitieplein de soldaten parade voor de keizer en marcheerden zij door de stad met de muziek voorop, de mensen kwamen voor hun deuren en keken zwijgend toe; wel moesten op bevel in de vooravond alle vensters verlicht worden met kaarsen, maar zij werden in stilte aangestoken, in stilte gedoofd, en feest was het voor niemand. Men wist het zonder dat er zekere tijding van was, de stad lag ingesloten. Te middag maakte de omroeper bekend dat niemand na zeven uur op straat mocht lopen. Kort daarop hoorde men duidelijk musketvuur, eerst van de Muggeschans aan de overkant der rivier, dan van de Dalemdijk. Voor donker kwam er door de landpoorten veel bedelvolk binnen, verdreven uit de dorpen, zij zeiden dat er overal Kozakken reden. Al voor zeven uur, toen er hier en daar nog een kaarsje brandde voor het feest, werd het ledig in de straten, gedempt klonk het goeienavond van buren die de deuren sloten.

Toen Rossaart thuiskwam zeide hij dat het slecht ging worden, de soldaten hadden de Tolsluis opengezet, het water liep binnen en morgen kon de polder blank staan. Wat stond te wachten bij een hoge was? Hij moest weer naar het stadhuis, Maarten, die hem nooit durfde aan te raken, nam zijn hand en vroeg: Vader, laat me meegaan, ik wil onder de blote hemel bidden.

Allen keken naar hem, maar hij liet de hand niet los. Bidden kan men overal, antwoordde zijn vader, maar als je denkt dat je daar eerder gehoord wordt, kom maar mee.

Op de brug nam Maarten de muts af en bad, terwijl zijn vader wachtte, rondkijkend naar soldaten. Voor zij aan het stadhuis kwamen moest hij twee keer zijn briefje laten zien, aan de stoep verzocht hij de korporaal of zijn zoon daar wachten mocht en hij ging binnen. Maarten liep dadelijk naar de kerk, hij vouwde zijn handen onder het hoge raam en bad voor allen die in de stad en in de polder woonden vergiffenis van het water, hij bad snel want hij durfde niet lang weg te blijven. Huiswaarts kerende vroeg hij langs de Tolsluis te mogen gaan en daar in donker bad hij nogmaals dat de straf niet door het water mocht komen, dat beneden hem langs de sluisdeur vloeide.

Heel de volgende dag kwamen er mensen aan de haven, men had gehoord dat er aan de overkant op de Oudendijk een batterij gemaakt was recht voor de stad, en 's avonds liepen er ondanks het verbod velen buiten, vragend naar zekere berichten, vragend of iemand nog schuilplaats in zijn kelder had. Sommigen geloofden dat de generaal het niet lang zou houden, want de nationale gardes morden en durfden openlijk zeggen dat zij zich niet voor de Fransen lieten doodschieten, men vernam al van schildwachts die weggelopen waren. De Hollanders werden ook ontwapend en moesten graafwerk doen. Die het ergst murmureerden met dreigende en gemene taal waren deze soldaten toen onder geleide van de Brabanders al de behoeftigen van de stad te zamen gedreven en uit de Dalempoort weggevoerd werden, stakkers, mager en haveloos, men zag ze gedwee de mist ingaan, uit menig huis liep nog een vrouw ze na met een brood of een jak.

Rossaart had te veel zorgen om op zijn kinderen toe te zien, hij sloeg er geen acht op toen Everdine hem vertelde dat Maarten iedere avond uitging, hij zag hem trouwens zelf bij een brandje in de Hoogstraat. Daar stond hij in de donkere steeg, met de muts onder de arm, in de rook die neersloeg.

Hij bad steeds meer, steeds dringender, God aanroepende met alle namen die hij geleerd had, de gestrenge albestuurder en de wreker. Soms riep hij Jezus aan, maar ook die zag op hem neer met een vertoornd gelaat. Nadat de kanonnen van de wal geschoten hadden en de boten, die nu voor Sleeuwijk lagen, geantwoord, de schrik over de burgers slaande zodat men nog laat achter de ruiten lichten zag van mensen die vreesden wat er in de slaap gebeuren mocht, ging hij geregeld naar de Grote Kerk. Blootshoofds legde hij de handen op de stenen van de muur, hij vouwde ze, sloeg de ogen op en begon zijn bede, voor zijn vader, voor zijn broers, voor Tiel en zijn gezin, voor allen die hij kende in winkels en werkplaatsen, die noemde hij allen en daarna voor de hele stad, smekende om niemand te straffen dan hem alleen. Achter zich merkte hij de tred der soldaten van de ronde, boven hoorde hij de klok, maar hij ging voort met fluisteren tegen de stenen muur, tegen de hemel in de mist verborgen. Later, omtrent Kerstmis, toen de grachten toegevroren waren en er ook 's avonds geschoten werd, bleef hij langer staan, bibberend van angst. Ieder keer dat er in een rode gloed door de nevel een bom barstte en dakpannen kletterden ging er door de straten geschreeuw, deuren sloegen open, vrouwen riepen hulp. Dan trappelde hij van haast om verhoord te worden, de tranen hielden niet op. Wanneer hij laat thuiskwam vond hij de deur op een kier, soms lagen de soldaten die ingekwartierd waren op de vloer ter wederzij van de kachel, soms was het er leeg en zonder antwoord, Everdine was bij de buren gevlucht, de broers met vader mee die bij de spuitwacht was ingedeeld. Hij tastte zijn weg naar de zolder en lag onder de deken, koud en uitgeput, de handen gevouwen, te moe om nog kanon of mens te horen.

Oudjaar was een avond van zwarte angsten. Men had van de soldaten gehoord dat de piketten aan de poorten verdubbeld moesten worden, de officieren geloofden dat de vijand een aanval zou doen. Er mocht geen dienst zijn in de kerk en er waren er maar weinig die voor een korte wijding bij de dominee gingen, de meesten wachtten in spanning het eerste schot om vlug te schuilen, sommigen zaten al vroeg in de koude kelders, anderen liepen voor hun open deur heen en weer, de voorbijgangers vragend. De mist, al op de middag dik, was zwaarder geworden zodat men zelfs in een nauwe straat van de overkant maar een vaag schijnsel van een kaars kon zien. Het minste geluid klonk zo duidelijk dat men meende de stemmen buiten de wal te horen, er waren er die zeiden dat de Pruisen zongen en een had er hoera verstaan. Angstig hield men het oor luisterend naar de stilte. Bij ieder half uur van de toren kwamen er meer mensen buiten, meer stemmen klonken er in de mist, men wachtte of de aanval komen zou op het laatste uur van het jaar. Maarten stond onder de toren waar niemand hem zag. Toen de klok twaalf sloeg stond hij er nog met het gezicht naar boven. De lippen herhaalden: Almachtige, spaar ze allemaal en mij niet, mij niet, – maar hij was te moe om te weten wat hij zeide. De kogels kwamen niet, het gerucht van de stemmen verminderde in het donker. Hij ging langzaam naar huis met de armen uitgestrekt omdat er niets te zien was. In de kamer riep hij, het huis bleef stil.

Kort na nieuwjaar zette de vorst in, die snel toenam in gestrengheid, een barre wind woei dag na dag uit een grauwe lucht. Soms vielen er 's avonds een paar bommen, dan liepen de mensen weer gillend buiten om veiligheid te zoeken. Velen hadden op de binnenplaats of in het tuintje een kazemat gemaakt, gedekt met aarde en takkebossen, met mest en vuilnis, daar kropen zij onder dicht te zamen met de buren, de oude mensen en de kinderen, tot het gevaar voorbij scheen en zij naar bed durfden gaan.

Maar het bombardement werd heftig en geregeld, beginnend voor middernacht, met losbarstingen niet meer te tellen, een gloed in de hemel zoals van het weerlicht, dan hoorde men gedreun van daken die instortten, muren die neerploften, gekerm en luid gejammer. Eens was het verschrikkelijk toen het gasthuis getroffen werd en de zieken buitenkwamen, roepend, hulpeloos, terwijl in de donkere hemel de bommen braken. Maarten hoorde het en bad, hij bleef nu staan tot het schieten ophield. Het huis vond hij altijd verlaten, want de broers en de zuster zaten in een schuilplaats bij de buren. Hij ging naar de zolder en wachtte met open ogen of God eindelijk een bom voor hem zou zenden, er was er wel een gevallen vlakbij door het pakhuis op de Havendijk, waar mensen scholen, die van een vrouw de voet had weggeslagen.

Iedere nacht werd de kanonnade heviger, er ging door de straten niet minder volk dan overdag. Maarten hoorde dat de Grote Kerk getroffen was door een vierentwintigponder na twee uur, er lagen brokken rode steen op de grond. Het moest gebeurd zijn kort nadat hij naar huis was gegaan. Die kogel was voor hem geweest, daarom wilde hij voortaan langer blijven.

De snerpende wind gierde om de hoek van de Kruisstraat toen hij daar weer stond, de sneeuwvlokken sloegen op zijn ogen. Boven hem brak een slag, hij voelde dat de toren beefde, steenscherven en gruis ploften om hem, stukken ijzer sprongen rinkend van de straatkeien op. Hij riep: Ja God, straf mij nu maar, – de adem kwam warm uit zijn mond. In de straten gilden vluchtende mensen, maar hier op het Oudkerkhof was het rustig en de klok sloeg met een zachte bedaarde toon. Maarten wachtte met zijn handen tegen de muur. En nogmaals sloeg een kogel tegen de trans, nogmaals stortte er gruis rondom neer. God wilde hem niet horen. De schoten verminderden toen zijn voeten zo stijf werden dat hij bijna niet langer staan kon. Dichtbij, even achter het stadhuis, barstte nog een bom met een zwakke knal en een flauw licht. Hij tastte over de grond tot hij een dikke steen had en met een gloed in zijn hoofd wierp hij die de donkere hemel in. De steen viel naast hem terug.

De volgende avond woei de wind harder, de jachtsneeuw zat tegen de ruiten vast. Het rook in de straten naar gebrand hout. Toen het bombardement weer begon liep hij op de Langendijk, de kogels en houwitsers volgden elkander snel, het geschreeuw en het gejammer steeg door het geraas van brekende dakpannen. Hij stond voor de Lutherse Kerk en hoewel hij geleerd had dat deze niet de ware was liep hij erheen om dadelijk te bidden. Toen hij de handen gevouwen had en de naam God genoemd, zag hij een ander aangezicht dat op hem nederschouwde, bleek, wraakgierig, hij richtte zich op, denkend dat nu de straf zou komen. In de straat viel een bom, de stukken ijzer sloegen tegen de huizen, de ruiten rinkelden en een vrouw gilde van pijn hoog boven het geschreeuw. Hij stompte met de vuist tegen de muur van de kerk, roepend: Spaar ze toch, valse God, straf mij maar! Die vrouw hield niet op met gillen. Hier gaf het niets te bidden, hier verstond God hem niet. De Langendijk was verlaten, zonder enig licht. Hij hield zijn hand op de oren en hij trapte tegen de muur. Het noodgeschrei werd zo klagelijk dat hij erheen moest, het kwam uit de pannenwinkel waarvan de bovendeur openstond. Hij wilde binnengaan toen hij uit de Weessteeg twee mannen zag komen met een baar en een andere met een kleine fakkel liep ervoor. Zij keerden naar de andere kant, hij rende hen achterna. Op de baar lag een kind in een doek, wit van de sneeuw. De mannen gingen met hem terug, zij droegen de vrouw buiten en legden haar naast het kind. Maarten hield de fakkel, de dikke vlokken joegen weg met de rook. De mannen, die de baar weer opnamen, waren wit besneeuwd, en hij liep erachter, biddend, huilend om het gekerm van die vrouw. Achter hen barstte een bom met geraas van neerstortende balken en dakpannen, en een van de dragers zei dat het de kerk van de lutheranen moest zijn.

Toen hij eens moest lopen omdat zijn voeten zo stijf werden dat hij ze nauwelijks voelde, was hij ook voor de roomse kerk blijven staan. De pastoor was de vorige week door de schrik gestorven, maar er waren hier weinig ruiten stukgeslagen. Hij kwam er dichterbij en hij bad, hoewel hij de muur niet wilde aanraken. Hij stond er pas of het schieten minderde en hield op. Het bleef verder stil. Hij liep nog hier en daar door de sneeuw met een arm gevoel dat God hem niet wilde horen.

Voor het gebed zeide Aker dat de burgerij in genade was genomen, want er werd verteld dat het bombarderen gedaan zou zijn, soldaten van de dijk gekomen hadden het van de belegeraars gehoord. Het was die dag ook drukker in de stad, er liepen meer mensen rond om naar de vernielde huizen te kijken, Tiel stond met de dominee en anderen voor de kerk de gebroken ruiten te tellen. Spoedig hoorde men weer soldaten zingen, vele liepen weg over het ijs.

Thuis vertelde Rossaart dat boven Dalem de dijk doorgestoken was, zodra de dooi inviel was het ergste te vrezen, de Heer strafte in ons land harder met het water dan met het vuur.

Waarom altijd met het water? vroeg Maarten. Die avond stond hij weer onder de toren. Toen hij één keer gebeden had hield hij op. Hij schopte de sneeuw van de hoop, hij nam een steen op en wierp die recht omhoog. Hij wachtte, maar de straf kwam niet en de stad scheen te slapen.

IV

Het was een droge zomer geweest, maar door de regens die al van de eerste dagen van september vielen, zacht en aanhoudend, bleven de weiden en de bomen langs de Waal fris en groen tot ver in het najaar. Dekker, die het opzicht had over de uitvoering van de werken, zeide herhaaldelijk dat men veel eerder had moeten beginnen, al hoefde er nog geen kwaad van te komen als er met meer volk gewerkt werd, ook op andere zwakke plaatsen, want na twee droge zomers was de kans groot op een hoge rivier. Bunke antwoordde dat de ingelanden al te veel geld verloren hadden met de veeziekte om de kosten te kunnen dragen en dat men maar zijn best moest doen.

De mannen woonden in de keet een half uur gaans boven Bommel, Maarten had zijn intrek bij zijn tante juffrouw Goedeke in de stad en ook Barend kwam daar soms. Wanneer de oudere broer er was werd er weinig gesproken aan het eten. Maarten keek naar zijn bord met de glimlach die gelijk met de knevel tussen mond en neus begon te groeien. Barend kon het niet laten aanmerking te maken op die knevel, helder geel als nieuw stro, en op de andere rarigheden waar iedereen naar kijken moest.

Hij is altijd een rare geweest, antwoordde hij zijn tante die vroeg wat Maarten misdaan had, altijd anders dan een ander, het was dikwijls een schande voor ons. Hij doet maar wat hem in de kop komt zonder te vragen of het behoorlijk is. Altijd zonder muts, zelfs op zondag, of er geen geld genoeg was om er een te kopen, de mensen denken dat vader hem te kort doet. En wie heeft er ooit gehoord dat je met blote voeten te water gaat in plaats met waterlaarzen. Een pias, anders niet. Bij ons zegt iedereen dat hij niet helemaal goed is bij het hoofd. En dan die malle knevel, die past niet voor mensen van onze stand. Hij is toch maar een gewone knecht.

De tante schudde het hoofd en op haar vraag, met een knipoog gedaan, waarom Maarten geen muts of pet wou dragen, antwoordde hij: Het is beleefd tegen iedereen.

Zij lachte en zij keek hem aan om te zoeken wat hij verborgen hield. Rossaart zelf had haar gezegd dat de jongen een knap en ijverig werkman was, die vaak met een goede gedachte het werk vooruitliep, maar vaak ook zulke gekke dingen verzon dat men het niet ernstig kon nemen, en hij gaf soms last door de koppigheid waarmee hij aan een gedachte vasthield. Hij was ook niet te overreden, want hij zweeg. De tante dacht dat hij haar aard had en dan zou hij veel strijdigheid met de mensen hebben.

Dekker, die al een paar jaar door het wèrk veel met hem verkeerde, vertrouwde haar toe dat er meer in hem stak dan in de andere zoons van Rossaart, men kon hem zo jong hij was zelfstandig laten begaan, want hij kon berekenen en beslissen. De oudste wist wel hoe iets gedaan moest worden zoals het hem gezegd was, maar niet zoals de dingen, waar hij mee te maken had, het leerden. Maarten verstond het water, het was hem aangeboren. Ook de anderen van de vaste ploeg, onder wie zijn vroegere makkers Abram Pol, Hein Blommert en Piet de zoon van Dekker, maakten onderscheid tussen hem en de oudere broer. Wanneer Barend voor een onverwacht werk kwam te staan, beschouwde hij het en overwoog en vroeg dan: Als wij het zo eens deden? Daar gaven zij geen antwoord op want het was maar een proef zonder bekende uitslag en als het goed viel wisten zij dat het niets dan geluk was. Maarten deed het anders en bedacht zich niet. Wanneer hij zag dat de gestorte aarde te ver was uitgelopen was het of hij rook op welke plaats de zoden op te dunne grond rustten, hij zette dadelijk uit hoe ver het bermpje moest gaan. Zij vertrouwden hem want zij hadden meer dan eens onderzocht en altijd ondervonden dat op die plek een kuil of een kolk geweest moest zijn. En of hij dan wel zonderlinge dingen deed en soms wat vrij over de godsdienst sprak, hij had meer verstand van water dan zij, daar konden zij op zweren.

Het was buiten Hurwenen dat Maarten het eerst de naam Waterman hoorde. Met Dekker en Hein was hij erheen gegaan om op te nemen hoeveel er te doen zou zijn, er lag een lange plas op de uiterwaard die door de gestadige regens al naar de voet van de dijk liep. Kinderen speelden eromheen met houtjes en stokken. Maarten, die de bodem wilde kennen, trok schoenen en kousen uit daar hij met blote voeten de aard van de grond beter voelde en om de nieuwe broek te sparen trok hij ook die uit zodat hij in de rode baaien onderbroek te water ging. Toen hij in het midden stond riep een kleine jongen hem toe het bootje, dat afgedreven was, mee te brengen: Waterman, haal je mijn schip! Opeens wilden alle kinderen dat hij iets voor hen zou oprapen, alle riepen tegelijk: Waterman, mijn stok! Waterman, mijn hout! Waterman! huppelend rondom de plas. Dank je wel, Waterman! En toen zij Dekker hem bij de naam hoorden roepen, begon er een op de wijze van een sinte-maartenslied te zingen: Waterman, God zal 't je lonen! Zij zongen allen rondom terwijl de wind de gele bladeren van de dijk opjoeg en hij in het midden voortging met de voeten te tasten in de modder. Hij merkte dat hij beter met het water overweg kon zonder de harde wollen broek. Een boer, die langsreed, hield stil om naar de zonderling te kijken, hij noemde het zonde met de winterdag de kleren af te doen.

Het werd in Bommel bekend dat de neef van juffrouw de weduwe Goedeke, die enige grote hoeven bezat, in ondergoed te water ging. Op een dag dat de dominee haar bezocht, vroeg hij haar waarom de jonkman dat gedaan had; zij antwoordde dat het zeker een dolle inval was, maar dat er geen kwaad in kon steken. Maarten, die al vaak had moeten horen dat zijn broek altijd nat was tot boven de knie, had nogmaals in roodbaai door het water gelopen, en toen de dominee bij een volgend bezoek hem aantrof met juffrouw Goedeke, vroeg hij of hij het verantwoorden kon blootshoofds, barvoets en ongekleed te gaan, hij wist toch dat het strijdig was met de inzettingen van de christelijke maatschappij. Maarten stond op, legde de handen op de tafel en begon te spreken op een wijze zo onverwacht dat zijn tante verbaasd naar hem opzag.

Ik ben een gebrekkig mens, ik kan niet alles verantwoorden wat ik doe. Ik ken de Schrift niet goed en ik weet ook niet waar het geschreven staat dat je niet zonder muts mag lopen, als het een zonde is heb ik er nog een meer bedreven bij de hoop die al op mijn schuldenlijst staan. En als ik kousen en broek uittrek om mijn werk te doen zoals ik dat het beste kan, en het is alweer een zonde, mij goed, dat zal ik dan ook wel met God verrekenen. Dominee moest toch weten dat niet alle mensen kwaad in de zin hebben. En om de waarheid te zeggen, ik heb al zo veel moeten horen wat niet mag, dat ik ook wel eens zou willen horen wat wel mag.

Hij ging zitten. In de stilte die volgde wreef tante Jans de handen voor zij de koffie schonk. Toen de dominee sprak hoorde

Maarten dadelijk de toon waarvan hij niets verwachtte, hij knikte gedurig het hoofd omdat het waar was wat gezegd werd, hem reeds lang bekend, maar hij hoorde niet de toon die begreep dat hij geen kwaad deed als hij zonder schoenen en broek door het water liep. Laat hem maar praten, dacht hij, de man weet niets van het water en zijn gevaren af, anders zou hij begrijpen, dat je zonder schoenen aan je voeten je werk beter doet. Hij knikte, hij antwoordde niet.

Toen de dominee opstond om te vertrekken merkte juffrouw Goedeke op: Mijn man zei altijd dat God zich niet met alles kon bemoeien wat de mensen deden.

Waarop hij weer ging zitten en met een Foei! de dwaalleer bestreed die heden in ons land aangroeide uit het onkruid door de geveinsde filosofen verspreid.

Op de zondagmorgen had tante Jans de lakense japon wel aan, maar toen de meid vroeg of zij hoed en mantel zou brengen, antwoordde zij: Neen, ik zal de kerk eens overslaan.

Daarna zetten zij en Maarten zich aan de tafel tegenover elkaar, zij schreef een brief en hij las in een boek de geschiedenis van het vaderland. Wanneer zij opkeken glimlachten zij rustig. Voor de tante was Maarten een jonge man geworden met een eigen verstandig hoofd en de genegenheid, die zij hem toedroeg, klonk in haar stem zachter en warmer. Toen hij de moed gevonden had om de dominee tegen te spreken viel het hem gemakkelijk ook anderen zijn mening te zeggen en daar hij weinig woorden gebruikte, recht op het doel, scheen het dat hij met te hoge dunk sprak. Mannen met ervaring noemden hem een neuswijze, wie het beter passen zou eerbiedig tegen de meerderen op te zien.

De dijkstoel zat in Bommel en juffrouw Goedeke nodigde de heemraadschap, zoals zij eens per jaar placht te doen, tot een maaltijd in haar huis, zij was zelf een voorname ingelande. Men wist dat er in heel de Bommelerwaard geen beter wijnen waren dan in haar kelder, want haar man was een liefhebber en kenner geweest en in die tijd van de Fransen was de kelder op merkwaardige wijze gespaard gebleven. Luidruchtig kwamen zij de kamer binnen die helder verlicht was met kaarsen in de luchter en aan de wand, en daar de juffrouw zich verontschuldigen liet, ging de jonge Rossaart nog met glaasjes rond, gul tot de kop geschonken. Bij de reuk van het gebraad en de warmte van de kachel wreven de heemraden zich de handen. De dijkgraaf las en bad voor zij zich de servetten aanknoopten, dan klonken de stemmen een poos bedaard bij de soep. Een man uit Kerkwijk, horende dat de neef van de juffrouw bij het werk was, vroeg waarom hij niet naar huis ging nu er niets te doen viel met de vorst. Er zullen nog wel meer mensen nodig zijn, antwoordde Maarten, want het kan gauw genoeg dooien. De dijkgraaf zei: Dat is de jongen die alles weet.

Bij het geluid van messen en vorken werd het gesprek voortgezet over hetgeen de dijkgraaf gezien had op de tentoonstelling in Gent. Bunke was een zware man die gaarne het voorbeeld gaf een glas in één teug te ledigen. Al voor de fazant werd opgediend werden de grappen luid, alleen de man uit Kerkwijk en een boer uit Hurwenen bleven rustig spreken met Maarten, die tussen hen zat. Nadat er weer een ronde geklonken was voor de bourgognewijn, keerde Bunke zich tot hen en vroeg: Wat hoorde ik jullie daar zeggen over de dijk? Die jongen praat maar na wat die eigenwijze Dekker hem verteld heeft en die Dekker wil ons het geld uit de zak kloppen.

Dapper, de boer uit Hurwenen, die matig had gedronken, antwoordde ernstig zodat een ogenblik de anderen zwegen: Allemaal goed en wel, man, maar de veiligheid van het land gaat boven alles en ik geloof dat het waar is wat de jongen zegt. De dijk deugt niet bij ons boven het dorp. Hij heeft verstand in zijn kop, die bomen moeten eruit en eer zal de dijk nooit deugen.

Bunke sloeg op de tafel: Heeft hij dat gezegd, de bomen eruit? Wel, knappe man, is dat de manier om geen overstroming meer te hebben, onze bomen om te hakken?

Dapper ging voort: Als ik het zeggen mag geloof ik dat het zo gek niet is wat hij zegt, de bocht van Hurwenen meer naar binnen te leggen, het is daar voze grond, wij gaan er het eerste aan als het daar niet pluis is. En voos is het en daar sta ik je borg voor.

Zo, zegt hij dat? Dan moet hij maar eens vertellen hoe wij nog meer goed geld kunnen wegsmijten om nooit meer water over het land te krijgen. Stil, vrinden, laten wij eens horen.

Allen keken Maarten aan terwijl de meid de glazen volschonk. Hij dronk en antwoordde: Het is gauw gezegd, dijkgraaf, maar er zal nog heel wat water vloeien voor wij uit de nood zijn. Overstromingen hebben wij gehad en zullen wij nog hebben als wij niet harder aanpakken en nog honderdmaal meer geld wegsmijten. Maak de dijken hoger, en de kruinen breder, de glooiingen flauwer, dan zitten ze vaster. Als er bomen zonder wortels zijn kunnen ze blijven staan, anders woelen ze de grond maar om zoals een lepel in de pap. Diep je rivieren uit, dan heeft het water meer plaats. Maak molens, die zesmaal groter zijn en zet er paarden op om het werk te doen.

Diepe stemmen vielen in, dan lachen.

Het klinkt beter dan ik van je gedacht had, zeide Bunke, behalve dat je niet gezegd hebt: maak meer geld. Dat van de bomen is gekkenpraat. En een moddermolen met paarden erop, dat zou je niet gezegd hebben als je geen wijn in de kop had.

Maar Dapper knikte: Ik blijf erbij dat het alles best te doen is, ook die grote molen, als wij maar de handen in mekaar slaan. Vergeet niet, dijkgraaf, dat een doorbraak kosten kan. Die bocht van Hurwenen moest toch maar verbeterd worden, zeg ik.

Toen na de taart de likeurflacons en de tabak op tafel kwamen en juffrouw Goedeke plaats nam in de kring, zat Dapper nog met de jongen Rossaart te praten wat er te doen was om zijn dijkstuk voor deze winter te versterken. Bunke sprak te luid, maar men wist dat hij niet dronken werd; voor juffrouw Goedeke prees hij de jongen, zeggend dat hij wel veel onzin had uitgekraamd, zoals te verwachten van de jeugd, maar hij had toch gedachten in het hoofd en dat was al veel in deze tijd. Bij het scheiden kreeg Maarten menige klop op de schouder.

Tante Jans was trots dat hij tegen de mannen van de heemraadschap zijn mening had durven zeggen, zij nam hem mee naar de groene achterkamer waar hij vertellen moest. Zij zaten in grote stoelen naast elkaar, zij spraken met tussenpozen, want Maarten was stug. Er waren veel woorden gebruikt, zei hij, maar niemand deed iets voor de nood aan de man kwam. Dan zweeg hij weer en dan vroeg zij weer, het was haar of zij begon te raden waarom hij soms stil voor zich zat te kijken. Hoewel het werk stillag wilde hij niet naar huis en nu gaf hij eindelijk de reden, er zou vast weer watersnood zijn. Zij schrok, zij vroeg hoe hij dat zeggen kon, de dijk was toch gemaakt. Hij keek voor zich of hij het zag.

De mensen praten maar over hun geld, zij weten niet hoeveel er nog verdrinken zullen, iedere winter, ik weet het zeker, ik kan het niet helpen.

Toen werd zij stil en staarde in het licht van de kaars. Een poos zaten zij roerloos naast elkaar, tot hij het hoofd naar haar wendde en zag dat zij met gevouwen handen zat, toen vouwde hij ook de zijne.

Gedurende de tijd dat de vorst aanhield ging hij iedere morgen vroeg uit en liep langs de rivier tot Rossum toe en verder, gedreven door de onrust. Hij vreesde wat er gebeuren zou, hij voelde ook een kracht in zich gereed. Eens terwijl hij staarde over de vlakte van harde glansen vond hij zichzelf slecht omdat hij wenste dat het nu maar gauw moest komen. Meestal keerde hij laat terug, soms overnachtte hij in een hoeve. Altijd wanneer hij thuiskwam vond hij tante Jans over haar breiwerk aan de tafel, vragend met haar heldere ogen of hij iets vertellen zou. Dan sprak hij over hetgeen hij gezien had aan de dijken, over het ijs en over de wind, en altijd eindigde hij met de wens dat het haantje van de toren, wanneer het omsloeg, geleidelijk mocht draaien zonder in de lauwe lucht te kijken, die niet voor de zomerse dag van maart moest komen.

Maar de wind keerde binnen enkele uren recht naar de andere kant. Maarten was de eerste die het bericht gehoord had dat in Limburg de Maas was overgelopen. Hij kwam maar kort thuis, men zag hem met de lange benen haastig gaan, turend over het ijs. Dikwijls bleef hij aan het brood bij Dapper in huis. Hij had geen rust, men zag hem op dezelfde dag in verschillende dorpen, de kinderen riepen hem na: Waterman. Vaak kwam er een boodschap dat hij op het Dijkhuis verwacht werd of hij enig nieuw bericht had. En elke dag had hij meer gehoord, en eerder dan iemand anders. Dapper, zei hij, berg je beesten, het komt hard naar beneden, in Nijmegen zijn ze al aan de noodkeringen toe, het staat er tweeëntwintig voet. En de dag daarna tot de dijkgraaf: Het is bij Slijk Ewijk overgelopen, daar loost een boel water de Betuwe in, maar de schotsen steigeren gevaarlijk ook voor ons.

De raadschap kwam dikwijls bijeen, aangevuld met noodheemraden, en hoewel Rossaart nog maar een jongen was, niet eens uit de Bommelerwaard afkomstig, riep men hem herhaaldelijk omdat hij het werk kende, dan bleek dat hij raad wist ook betreffende andere stukken van de dijk. Er werd gewerkt dag en nacht en dag en nacht liep Maarten van het een naar het ander. Zoals hij vroeger boven Brakel gezien had, mannen spittend, kruiend bij het wachtvuur, zo spitte en kruide hij.

Iedereen sliep op de zolders, de armen in de huizen der gegoeden. Toen op een nacht op de deur bij juffrouw Goedeke geklopt werd wist Maarten dat het er was. Hij ging dadelijk mee, buren deden de vensters open, achter de kerk kwamen andere mannen aanlopen. Bij het eerste vuur werd geregeld, zwijgend gewerkt, maar het gevaar lag hoger onder Hurwenen.

Bij het grauwen van de morgen stortte een stuk grond voor het ijs, een gulp water viel binnen en tegelijk begon de klok te luiden, tegelijk steeg het gejammer uit de woningen. Een half uur later werden de pramen al geboomd, volgeladen met mensen.

Uit een van de pramen gilde een vrouw in wanhoop, er werd geschreeuwd over en weer dat er kinderen zoek waren. Ginds riep een man waar hij ze gezien had. Maarten zette zich uit de schuit, het water reikte pas boven de knieën. In de boomgaard vond hij twee kinderen, zich vastklemmend schrijlings over een tak, hij greep ze onder iedere arm en droeg ze. Hij voelde zich groot en sterk of hij gewonnen had. Toen hij ze in de praam overgaf zeiden zij: Dank je, Waterman! - of hij ze in het veer had overgezet. Het water zat hem goed aan de benen, hij wist dat hij voor de rivier nooit meer bang hoefde te zijn.

Tante Jans had in die dagen een blos en glinsterende ogen.

V

Het was Rossaart gelukt zijn zoon te overreden voor de zondag een vilten hoed te kopen nu de nieuwe dominee, streng en heftig, hem verboden had ter kerk te komen zonder de hoed in de hand. Maarten had weerstreefd, zeggende dat hij het ook wel zonder kerk kon stellen, maar zijn vader had hem voorgehouden dat hij ten leste een behoorlijk en knap mens was geworden, die zijn vak verstond en de goede naam bestendigen zou, die eenmaal een geacht burger in de stad zou worden als hij zich van zijn plichten kweet en geen aanstoot gaf. Hij had toegestemd de hoed, als het daarvan afhing, op de zondag te dragen, maar door de week verkoos hij blootshoofds te gaan.

Het werd rustiger in huis en zijn vader sprak meer met hem, de enige zoon, die nog bij hem woonde, hem raadplegend over de werken. Rossaart vertrouwde hem nu evenals Barend het opzicht toe, er waren weinig dijken in de Bommelerwaard, in Altena, in de Tielerwaard en zelfs in Maas en Waal, die hij niet kende en het was gebeurd dat een dijkbestuur, het werk aan Rossaart gunnend, aan Maarten de voorkeur gaf. In Bommel, waar hij geregeld te doen had al vier zomers achtereen, was hij welkom bij de dijkgraaf aan huis. Maarten scheen een rustige jongeman geworden te zijn. Men keek hem nog wel na wanneer hij voorbijging zonder muts op het hoofd, men vertelde nog wel van zijn rare gewoonte om in onderkleren te water te gaan en te zwemmen, maar men haalde de schouders op en vergoelijkte omdat hij immers braaf zijn werk deed.

Die winter had hij het weer druk gehad gedurende de overstroming in de Betuwe en toen hij in april terugkeerde begonnen de grote dagen van de verandering.

Een huis in de Arkelstraat, dat al de jaren na het beleg leeggestaan had, was herbouwd, het had nieuwerwetse ramen gekregen en een brede blauwe stoep. Op een zaterdagochtend dat er overal geschrobd en geboend werd, daarlangs gaande, zag hij er een meisje bezig met de koperen spuit de glazen te wassen. Haar ogen gingen recht voor hem open. Aan de hoek keerde hij om en liep nogmaals langs. Zij was niet van de stad. En weder keerde hij terug. Hij wilde haar aanspreken, maar hij merkte dat de tabaksverkoper schuin tegenover naar hem keek. Ieder keer dat hij voorbijging had zij hem aangezien, eerst of zij verbaasd was, dan ernstig of zij verwachtte dat hij iets zeggen zou. Dezelfde middag ontmoette hij haar in de winkel van schrijfbehoeften. Zij was klein van gestalte, zij sloeg haar ogen neer. Hij hoorde haar stem, bedeesd en hoog. Hij stond zo dichtbij dat hij kon zien hoe het krulletje gedraaid was dat uit haar muts kwam. Toen zij weg was wilde hij de juffrouw naar haar vragen, maar hij deed het niet.

De zondagmiddag zag hij haar gearmd met een ander meisje op de Arkeldijk, zij had een takje meidoorn in de hand en zij lachte nog toen zij het hoofd wendde en hem aankeek. Hij bleef langzaam voor haar lopen zodat hij het geluid van haar stem kon horen, helder als een kinderstem, maar het was vooral de andere die sprak. Soms bleef hij staan en keek rond over de wei van de boomgaard waar de jonge appelboompjes met de knoppen dik aan de takken stonden, de lucht had een frisse geur. Dan liep hij weer achter haar, zij hield de rok voor de modder op, de pink was uitgestrekt. Voor Arkel sloegen zij het voetpaadje af en gingen achter elkaar onder de haag, hij volgde, kijkend naar de voetsporen op de grond. Op het jaagpad gekomen werd hij door Tiel aangehouden voor een praatje, hij zag dat beide meisjes het hoofd omwendden en dan sneller liepen. Toen hij hoorde dat Tiel dezelfde weg stadwaarts ging nam hij afscheid en keerde terug op de Arkeldijk. De wolken waren goud verlicht. Voor hij aan de poort kwam had hij besloten wat hij zou doen.

Toen werden de avonden stil en ruim waarin ieder geluid een volle klank had, een winkelbel, de tred van klompen op de keien, de stemmen en het plotseling lachen in een donkere steeg. Het was volgens de klok maar een half uur dat hij met haar ging buiten de Waterpoort of op de Kwelkade heen en weer, zij zeiden weinig. Maar wanneer zij elkaar gegroet hadden en hij liep buiten de wallen ver weg in het donker, door de dampige geuren langs de rivier, het jaagpad onder de takjes van de haag, dan praatte hij nog met haar en meer dan hij daareven had kunnen doen, tot hij in de verte de klok weer hoorde en tellend zich bezon dat het een lange weg was naar de stad terug. En eens op een avond liepen zij gearmd onder de paraplu, het was wel te donker om te onderscheiden, maar de plassen op de weg blonken van de grauwe hemel, hij zag haar voeten gaan geregeld naast de zijne. Hij vroeg of zij nu altijd zo te zamen zouden lopen en hoe het kwam wist hij niet dat haar hoofd zo dicht bij hem was. Zij was zo klein dat hij diep moest buigen. Telkens vroeg zij iets met haar kinderstem, dan kwam haar adem aan zijn wang. Bij Arkel moesten zij terug omdat de regen harder viel, zijn grote jas hing over beider schouders. Zouden wij nog eens zo samen lopen? vroeg zij bij de poort. De straten waren leeg, hij hield haar arm tot voor de deur.

Op een zondagmiddag, toen zij thuis gezegd had dat de vriendin haar wachtte, liepen zij de weg naar Schelluinen, waar minder wandelaars gingen. De witte wolken hingen laag over het glinsterend land. Zij keken elkander aan, zij keken naar de voeten, zij zagen de twee mannen niet die, van het zijpad gekomen, bleven staan. Een eind verder groette hij, nu gearmd en over haar gebogen, een man terug zonder op te kijken.

Op de eiermarkt, de morgen daarna, wenkte zij hem door te gaan, maar hij kwam toch en hij zag dat zij bleek was met rode ogen. Zij antwoordde hem niet. Kind, zei de eiervrouw, de Waterman doet niemand kwaad. Toen hij mee wilde lopen smeekte zij hem haar alleen te laten, zij mocht niet meer met hem praten, had mevrouw gezegd, zij zou hem alles laten weten. Hij stond stil zonder de mensen te zien.

Thuis, voor het eten, vroeg zijn vader of het waar was dat hij met de bode van de weduwe Meelings liep. Dan deed hij beter daarmee op te houden, het gaf praatjes en schandaal. Maarten zei dat het ernst was en dat zij verkeren wilden. Zijn vader antwoordde dat hij daar ook een woordje in te zeggen had. Verder zwegen zij, alleen vroeg Everdine nog of dat die meid van de paapsen was.

Maarten zette die middag zijn hoed op en ging naar de Arkelstraat waar hij aanschelde. Achter de deur die openging zag hij haar ogen groot en teder. Hij wachtte lang tot zij terugkeerde, zeggend dat hij bij mevrouw mocht komen. De oude weduwe zat bij het venster dat op de donkere tuin zag, zij wees hem vriendelijk een stoel voor haar en vroeg: Wat heb je, Rossaart? Hij wist niet hoe hij het zeggen moest, hij keek haar aan en zij wachtte. Eindelijk vroeg hij waarom mevrouw verboden had dat Marie met hem zou praten; tegelijk bemerkte hij dat er achter haar een kruisbeeld aan de wand hing. Zij antwoordde: Hoor eens, Rossaart, laten wij ronduit spreken, zonder omwegen. Ik geloof wel dat je een brave jongen bent, daar heb ik genoeg over gehoord. En ik zou je graag mijn zegen geven als het niet was om het verschil. Je bent van een ander geloof om het zo te zeggen. Tussen ons en jullie mensen is hetzelfde verschil als tussen wit en zwart. Marie kan nu eenmaal niet met je verkeren. En vraag je vader maar eens en de dominee van je kerk of die het goed zouden vinden. Wees nu verstandig en maak het haar niet lastig.

Hij stond op, hij zei: Ik zal erom denken, mevrouw. Maar dat gaat zo maar niet. Ik groet u.

Buiten in de heldere zon liep hij recht, zonder aarzeling. Hij werd binnengelaten in de kamer van de pastoor en hij zat tegenover hem bij de tafel met boeken. De pastoor luisterde en knikte, soms keek hij hem scherp aan. Toen Maarten alles gezegd had vouwde hij de armen en sprak: Het is jammer, innig jammer. In het huwelijk is geen eensgezindheid mogelijk tussen andersdenkenden. Ga maar eens na, mijn vrind, dat de man naar de ene kerk zou lopen om God te dienen, de vrouw naar een andere, en allebei geloven zij de waarheid te hebben. Bij zo een onenigheid kan geen band bestaan. Ik ben benieuwd wat je vader, die immers in de raad van jullie kerk zit, daarvan zeggen zou. Dat dacht ik wel. Niet anders. Het is jammer, maar onze schuld niet. Hij zweeg. Maarten zeide: Ik moet er toch het mijne van hebben, waarom dat niet kan, en wie er eigenlijk te zeggen heeft over het trouwen.

Op de hoek van de Grote Markt woei de lentewind zo lauw dat hij de hoed afnam en langzamer liep. Voor de deur van de dominee strekte hij de hand al naar de schel toen hij het hoofd schudde en hardop zei: Neen, dat hoeft niet, die heeft er helemaal niets over te zeggen want ik ben mijn eigen baas.

Bij een groentewagen trok de vriendin hem aan de mouw, die er met haar mandje stond, zij fluisterde waar hij die avond moest komen en duwde hem weer weg. Hij ging verder en zei weer hardop: Zo gaat dat niet. In het donker buiten de Kansepoort bracht de vriendin hem vlug over wat zij gezegd had: hij kon op haar rekenen, hij moest naar haar vader gaan, Pieter Gouw in Bennebroek. Dan liep hij nog een eind de dijk op, de witte maan stond nevelig. Hij dacht na, hij zag het voor zich: zij huilde 's nachts, wie weet hoe lang zij zou huilen. Het volgend jaar, en verder, en allebei in dezelfde stad zonder een woord te mogen spreken. En als zij dertig waren was het huilen wel gedaan en alles vergeten of zij elkaar nooit gekend hadden. Het was onbegrijpelijk zo gek de mensen waren, het stond nergens geschreven dat een roomse niet met een hervormde mocht trouwen, dat in een stad de roomsen hier bij elkaar moesten wonen, de hervormden daar, zoals mensen van tweeërlei soort. Maar niemand hoefde zo gek te zijn als hij niet wilde. Dit mocht niet en dat mocht niet van pastoor en van dominee en zo werd alle geluk dat de Heer gaf bedorven. Nu lag zij op bed met een zakdoek voor haar ogen en hij liep maar te kijken naar de glinstering over het water. Dit was dezelfde plek waar hij vroeger bang geweest was voor een douaneman, die nu ergens daar op de bodem lag. Maar hij was geen kleine jongen meer.

Thuis zat zijn vader te rekenen bij de kaars en Everdine met breiwerk. Hij schoof een stoel bij en hij vroeg waar Bennebroek kon zijn. Zijn vader dacht onder Haarlem. Daarop zei hij dat hij er morgen heenging om met de vader van het meisje te spreken, hij had beloofd met haar te trouwen en hij zou het doen. Everdine lachte. Zo, zei zijn vader, hoor nu eens goed. Je trouwt niet met een paapse omdat je uit de kerk gezet zou worden. Zolang je lid bent heb je nog kans uitverkoren te worden, maar zetten wij je uit dan is het gedaan met je. Het is al erg genoeg dat de afgodendienaars hier een huis voor hun oefening mogen hebben. Zoals de dominee zegt: genoeg van de verdoemelijke verdraagzaamheid.

Je vergist je, antwoordde hij kalm, ik laat mij niet meer bang maken. De Heer heeft dit geluk gezonden, wij mogen het niet verwerpen.

't Is laster, de Here zal je geen paapse zenden behalve om te verzoeken.

In de vroege morgen sloeg Maarten de deur achter zich dicht. Op de brug hoorde hij dat er een venster werd geopend, hij zag zijn vader met verbaasd gezicht, maar hij ging rustig voort. Er waren nog weinig mensen in de straten, uit de bakkerswinkel kwam de geur van vers brood. Buiten de Kansepoort knoopte hij de bundel over de rug, hij snoof een diepe teug op van de dauw en hij ging fors de weg op naar Schelluinen. De koeien bulkten, de meiden liepen met de emmers door het welig gras. Die nacht sliep hij in Gouda en de volgende in Leiden. Vandaar ging hij op zijn gemak onder het lommer van de zandweg, hij kon niet zingen, maar hij neuriede, hij voelde zich vrij van alles. Even voorbij Lisse, een zeil ziende dat boven de dijk uitstak, liep hij naar de kant van het wijde water en zette zich in het gras om zijn brood te eten. Toen bedacht hij wat hij zeggen zou als hem gevraagd werd wat zijn kostwinning was. Bij zijn vader hoefde hij geen werk te vragen, trouwens het zou geen leven zijn met een roomse vrouw in Gorinchem. De dijk van het meer opnemende zag hij dat hier zeker werk te vinden was, het zou hem niet verwonderen als het elke winter overliep, een walletje zoals kinderen voor spel zouden maken. Het was onmogelijk dat iemand die aan de Waal gewerkt had hier niet gebruikt kon worden.

Hij ging voort op de weg, hij kwam in Bennebroek en vond achter een veldje met een geit de woning van de dagloner Gouw. Vier kinderen stonden rondom hem, maar de vader keerde niet voor het lof terug. Toen Maarten in de schemering weer voor de deur kwam zat Gouw aan het brood, hij riep hem binnen en vroeg of hij ook trek had, het was goed brood met vet. Hij wist wel van Gorkum, de pastoor had daarnet met de bode van de juffrouw gehoord. Als het aan mij lag, zei hij, het leven is zo om, waarom zouden wij mekaar plagen. Je ziet eruit of je voor vrouw en kinderen verdienen kan en dat is het voornaamste in deze tijd van armoe voor de mindere. Maar het geloof staat ertussen, jullie zijn kettersen, wat kunnen we daaraan doen. Er is maar één God en die zijn jullie afgevallen. We kunnen praten zoveel als we willen, het geeft toch niet. Maar een stuk brood kan je krijgen zolang ik het heb. Op de dag dat Marie je vrouw zou worden heb ik het niet, dat begrijp je, en die kinderen mogen uit bedelen gaan. Dus het geeft niet of we al praten.

Maarten mocht er ook slapen naast Gouw in de bedstee. Bij het krieken van de dag, zijn bundel over de schouder leggend, zei hij: Ik geef het niet op, behalve als Marie het niet wil. Gouw wees hem de weg naar Haarlem, aan het Spaarne zou hij wel een slaaphuis vinden en werk kwam er genoeg als het meer droog werd gelegd.

Fluitend liep hij door Heemstede, fluitend door de Hout, hij voelde zich zo vrij of hij met iets had afgedaan. Hij wist wel dat zij gemakkelijk gedwongen kon worden, zij was maar een meisje dat niet de deur kon uitlopen, maar zolang hij op haar kon rekenen zouden zij samen blijven, al moest het ook wachten zijn.

Hij vond een slaaphuis bij de Turfmarkt. Het was wel raar volk dat hij er zag, marskramers en speellui, maar hij moest zuinig zijn met zijn spaargeld en hij dacht er niet lang te blijven. Hij kocht pen en papier, hij schreef een brief en bracht die bij de posterij.

Toen kwam hij in kennis met een schippersknecht die aan het Spaarne voor zijn schuit tegen een boom geleund stond. Het was een warme dag, het jonge loof hing stil en aan de wal was niets te doen. Werk? vroeg Koppers, wij liggen al acht weken en de schipper heeft gewaarschuwd dat er nog maar voor twee weken kost is als er geen vracht komt. Ik neem een half kannetje taptemelk en dank je, daarginder staat een bank voor de winkel.

Koppers sprak van dingen waar Maarten weinig van wist. Hij kon wel zien dat Rossaart goed zijn brood had, maar zo gelukkig was niet elkeen. Hier in Haarlem, in Leiden, in Amsterdam, in Leeuwarden, waar men kwam, ging het kwaad met de knecht en niet alleen in de schipperij. Bij troepen stonden zij voor de bedeling te wachten, een kommetje magere soep en een half brood mee naar huis, maar er waren er ook die geen dak meer hadden en geen andere kleren dan die aan het lijf. Hij zou ze ook niet willen tellen die niet meer aan de kerk deden, want zonder knappe kleren geen kerk. Wat had men eraan altijd te horen van Here, Here dat de mensen zo zondig waren, van de barmhartigheid en van de naastenliefde, zonder dat er iets gedaan werd? De schipper en hij hadden er ook al mee afgedaan, omdat zij vonden dat het uit de werken moest blijken of men zijn Heer diende, niet het geklaag over de zondigheid. Maar wat kon een mens doen voor de naastenliefde als hij nauwelijks genoeg had voor zijn kinderen. De schipper had er negen, daar was geen plaats voor op de kleine schuit, zij woonden in Waddinxveen in een schuur, niet meer dan een krot. En toch deelde hij nog met zijn knecht. Het was honger voor de stakkers, vooral nu in het voorjaar dat er bijna geen aardappels meer waren behalve voor de gegoeden. De schipper was een brave ziel die geduldig droeg, maar dat kon niet iedereen, er liepen er heel wat rond die de ellende in de drank versmoorden, heel wat die zich vergrepen aan andermans goed. Zie je wel, zeiden de leraars dan, de erfzonde. Nog de vorige week waren acht jonge mannen naar Frederiksoord gebracht, zij woonden in een tentje in de Hout, omdat hun lakenfabriek naar Gent was verhuisd, maar gestolen hadden zij nooit en nu gelijkgesteld met zwerversvolk.

Zij zagen elkaar iedere dag. Schipper Wuddink en Koppers hadden niets te doen dan wat bezigheid met spijkers en touw, Maarten zat erbij. En zij spraken over de zonde, waar de schipper allang niet meer aan geloofde. Jezus heeft zich laten kruisigen om ons vrij te kopen, zei hij, anders heeft het geen zin. Mij en jou heeft hij verlost, als wij nu maar doen wat plicht is. Hij nam het geld aan dat Maarten gaf voor de kinderen thuis en zei: Mijn beurt een andere keer.

Maarten ontving een brief, geschreven door mevrouw met een kruisje eronder van Marie. Haar kinderplicht gebood haar te gehoorzamen. Om eerlijk te zijn had mevrouw ook met de dominee en met zijn vader gesproken en zij waren het erover eens dat wat gescheiden was niet verenigd kon worden. Zij wenste hem sterkte, zij zou hem gedenken in haar gebeden. Daarna kwam er een brief van zijn vader, die schreef dat het uit moest zijn met de grol, er was werk voor het kanaal van Zederik, als hij niet dadelijk terugkeerde moest er een ander in zijn plaats gezet worden. Hij antwoordde dat hij meer van de wereld wilde zien. Dan telde hij zijn geld, dat genoeg was tot de herfst. Voor de zuinigheid ging hij in de kost bij een boekdrukkersgezel in de Frankestraat.

Toen begonnen zijn tochten om werk te zoeken, 's morgens en 's middags, ook buiten de stad. Een aannemer, die zijn naam wel kende, beloofde hem werk voor het najaar aan de zeedijk.

Op de kermis ontmoette hij Gouw met zijn kinderen. Ik had wel gedacht, zei hij, toen hij van de brief hoorde, God en de duivel dat gaat niet samen en een kind moet gehoorzaam zijn.

Maarten lag wakker lang nadat de torenklok twaalf had geslagen. Een orgeltje op de Oude Gracht draaide zonder ophouden de deun van O moeder die zeeman, en dronken kermisgangers hosten. Hij dacht dat het eigenlijk onzin was wat de mensen van God zeiden, zij maakten het zoals het hun te pas kwam, rooms of hervormd. Als de Heer zijn schepselen mocht vervloeken, de mensen deden het elkaar even goed. En dat moest men maar verdragen en werk zoeken voor het brood alleen. Met de handen gevouwen vroeg hij waarom hij het leven had gekregen. Hij liep door de straten, hij sprak met niemand toen Koppers weg was gevaren. Vroeg op bed omdat er niets te doen was wachtte hij de slagen van de klok. Hij merkte dat hij eenzaam was en ginds lag er een te huilen.

Het werd een nat najaar van gestadige regens. De bomen waren nog niet kaal toen het Spaarne al hoog stond. Op een nacht werd Maarten wakker of iemand hem fluisterend geroepen had.

In december eindelijk voer hij met de schuit door Noord-Holland. Toen hij afstapte en het zeedijkje van de Wieringerwaard zag dat versterkt moest worden, vroeg hij de baas of het geen onnut werk was, de boeren deden beter tijdig lijf en goed te bergen, men kende hier het water niet zoals aan de rivieren. Voor er zes weken om waren stroomde het binnen heviger dan hij ooit gezien had. Het was werk lange dagen en koude nachten met geen ander loon dan het brood dat overbleef van de geredden. Hij dacht aan niets, maar toen in het voorjaar kruiwagen en spade geregeld gebruikt konden worden, toen de bladeren van april ontloken, herinnerde hij zich de geuren van de Arkeldijk. Waarom te werken, dacht hij, het water is toch weer buiten. De zucht was niet te houden en hoewel hij niet naar Gorkum durfde, nam hij bundel en stok en ging de wegen af, niet wetend waarheen.

VI

Toen op een dampige morgen van september de schuit het IJ overstak hoorden Koppers en Rossaart een juichend gerucht over de stad, zij zagen vlaggen en oranje wimpels naast elkaar aan de gevels, de mariniers marcheerden eronder met de pijpers voorop en ook van de kant van het Damrak klonk geroffel van soldaten. Het zeil bleef slap en na een half uur moesten zij een vletter aanroepen, van wie zij hoorden dat de schutters opgekomen waren omdat er tegen de Walen gevochten moest worden. Zij kwamen aan het Singel voor de wal achter de tjalk van Wuddink, die al aan het lossen was. Van de Nieuwendijk stegen telkens opnieuw de liederen voor de koning en het vaderland alsof het een feestdag was en in de tapperij op de hoek was zo vroeg al dronkemansgeraas.

Zodra zij vastlagen ging Rossaart naar het schippershuis waar hij de brief vond die hij verwachtte. Tante Jans schreef dat zij de vorige week weer in Gorkum was geweest. Zij dacht dat de oude weduwe het nog maar kort kon maken en zij had een ernstig gesprek met Marie gevoerd. Het kind had allerlei raad en vermaningen gekregen en was ervan overstuur, maar tante Jans had haar voorgehouden haar geweten en hart af te vragen en voor de zoveelste keer herhaald dat zij bij haar als een dochter ontvangen zou worden, het geloof maakte voor haar geen verschil. En Marie had weer gezegd aan hem te schrijven dat hij wachten moest, hij kon rekenen op haar trouw. Verder vroeg de tante waarom Maarten nog geen ander werk gezocht had, hij kon immers van het wisselvallig loon van schippersknecht geen gezin behoorlijk onderhouden; hij verstond zijn vak, waarom maakte hij het niet goed met zijn vader, bij wie hij ruim zijn brood kon hebben. Zijn vader had het stil en werd oud. En als hij in Bommel wilde komen wist zij zeker dat de dijkgraaf werk voor hem had. Bij zijn terugkeer had Koppers al dragers aangenomen, die aan het lossen waren van de turf.

Zij schaften in de roef van de tjalk met twee mannen en twee vrouwen, van Zaandam gekomen om Wuddink te horen. Hij schepte ieder de aardappelen op het bord, zij aten zwijgend. Na de dank sprak hij: Mensen, wat wij geloven kan je zelf vinden als je maar nederig bent zoals van je verlangd wordt. Legt alle bezwaren van je af, jeremerieert niet over de zonde, want die is met heel de schepping door God en uit God en keert tot God terug. God is niet de onrechtvaardige die de een zal uitverkiezen en de ander verwerpen al zijn de werken nog zo goed. Hij is toch de vader van ons allen, uit wiens hand wij allen geschapen zijn en bij wie wij allen genade vinden. Dat is onze boodschap, niet anders dan wat de gelovigen van de apostelen hoorden. Het mijne is het uwe, dat is onze manier, zoals geschreven staat: zij die geloofden waren bijeen en zij hadden alle dingen gemeen. Is het niet beter mekaar het brood te geven dan het mekaar uit de mond te nemen? De Schrift uitleggen al naar het valt, dat kan een ieder, maar een ieder weet ook in zijn hart wel wat de ware uitleg is. Kinderen van één vader, allemaal met kwaad behept en allemaal met goed, die dom zijn als ze mekaar schade doen.

Eén der vrouwen nam haar oorbellen af en legde ze voor hem, de andere riep snikkend: Als ik maar zeker was dat ik één uur van mijn leven zonder zonde kon zijn! Zij jammerde zo luid dat de turfdragers, die rustten op de wal, door het raampje keken.

Laat in de namiddag was de kleine schuit van Koppers al gelost. Rossaart liep heen en weer met hem onder de bomen, zij spraken lang, maar hij liet zich niet overreden. Het was bijna vier jaar dat hij af en aan met hem gevaren had, loon ontvangend als er iets te delen was, maar hij had altijd gezegd dat het varen zijn werk niet was. Bij de watersnood van de winter had hij in Friesland moeten blijven om het ijs. Nu wilde hij naar zijn streek terug om werk te zoeken waarvan een gezin bestaan kon, maar hij zou helpen de aak naar Waddinxveen te brengen.

Toen de lantarens opgestoken waren gingen zij met de schipper mee. Het was nog warm en het stof hing tussen de huizen van de Nieuwendijk, waar mensen liepen te zingen, stuwend in rijen achter elkaar. Zij trokken de aandacht, Rossaart door zijn lange gestalte, de schipper door zijn kort buis, een troep jongens en meiden joelde hen na en een dronken schutter riep òf zij al getekend hadden voor het vaderland. Wuddink voerde zijn vrienden mee een steeg in. Dat neemt op de zaterdag het zwaard op, zeide hij, en dat belijdt op de zondag van broederliefde. In de Warmoesstraat gingen zij de trap op naar de zaal waar de oefening gehouden werd. Wuddink opende de deur, daar zaten onder de luchter mannen en vrouwen dicht bijeen, de gezangboeken in de hand, aandachtig luisterend naar een man bij een tafeltje. Met rood verbolgen gezicht riep hij de drie mannen toe: Wat komen jullie hier doen? Een ander stond op die riep met uitgestrekte hand: Dat is er een van de ketters, wie heeft hem hier gehaald? Geen valse profeet onder de ware dienaren, eruit met hem! Er werd geschreeuwd in verwarring, stoelen vielen, een vrouw gilde: De Heer proeft de oprechten, laat hem spreken.

Wuddink deed de mond open, maar alleen de eerste woorden waren verstaanbaar: God wil-. Mannen drongen rondom hem met de vuisten geheven, de deur kraakte en sloeg, in de donkere gang klonk de stem van de schipper: Verweer je niet! Op de trap werd geworsteld, vrouwen schreeuwden om een diender. Achter hen was Rossaart nog handgemeen toen Wuddink en Koppers in het licht van de lantaarn kwamen voor een troep feestgangers, mannen en vrouwen gearmd. Het woord ketters uit de duisternis der trap werd in luide vrolijkheid nageroepen. Rustig stapten de drie mannen voort, omringd en gevolgd door de troep die aangroeide, zingend, duwend, vloekend. Voor de smalle Oude Brug drong de menigte vast, er kwamen dienders tussen met de stokken die, horend dat de schippers van de trap waren gesmeten, hen medenamen naar het wachthuis. Toen zij om middernacht vrijgelaten werden en van een diender begeleid aan het Singel terugkeerden zagen zij op de tjalk en de aak, groot gesmeerd in oranje verf, het woord ketters langs het boord. De knecht, nog maar een jongen, vertelde hoe het gebeurd was en hij het niet had kunnen beletten, alleen tegen een bende. Uit de schaftkelder kwam de oude vrouw met een ketel en scheldend op het ontuig dat hun schuiten vuil gemaakt had, schonk zij voor ieder een kom vol. Wuddink antwoordde: Het is niets, vrouw, de Heer slaat daar minder acht op dan op jouw koffie.

Bij de eerste schemering staken de twee schuiten al van wal, nog voor de zon op was, midden op het IJ, waren de mannen met de teerkwasten bezig.

Op vele dorpen waar zij langsvoeren heerste roerigheid,

vrouwen kwamen uit de deur gelopen en riepen van de oever wat nieuws er in de stad was, boeren stonden luisterend rondom de veldwachter. Het waren stille herfstdagen, zij gleden rustig aan de lijn voorbij boomgaarden met takken zwaar gebogen in de zon. In Waddinxveen hingen vlaggen tot laag bij de grond, weerspiegeld in het water. Toen de schippers bezig waren de lijnen in te halen liepen er mannen en jongens te zamen, schreeuwend dat zij door moesten gaan, de anderen waren al weggejaagd. De veldwachter keek toe terwijl Wuddink de plank uitlegde en hij kwam naast hem lopen op het pad. Voor het houten hek bleven zij staan, daar was een bord op gespijkerd met: te koop. Wist je niet dat zij weg waren? vroeg de veldwachter, al de vorige week vertrokken. Op de vraag waar zij heen gegaan waren haalde hij de schouders op. Een oude man uit de omstanders riep: Laat de schipper ook gauw maken dat hij wegkomt, we hebben hier geen valse leer nodig, en kopen doen wij toch niet van je. Zij voeren verder naar Gouda en daar vernam Wuddink van een andere schipper dat de vrienden, die in Waddinxveen hadden gewoond, met stenen verdreven waren, sommige waren de andere kant uit gegaan, waarheen wist hij niet, maar enige waren met hem hierheen gevaren en zij hadden toen hun gave op een handkar geladen, zeggende naar Polsbroek te gaan, waar een van hen een stuk weiland had. Daarop brachten zij de schuiten naar Oudewater en legden daar vast. In de herberg dansten mannen, met oranje strikken en linten aangedaan, bij trompetmuziek rondom vier jongelieden die zich aangegeven hadden voor vrijwilliger, zij moesten naar Antwerpen in de oorlog.

In de namiddag ontmoetten de drie schippers even voorbij Polsbroekerdam twee vrouwen van de broederschap, zwaar met hout beladen. Werk, vertelden zij, was hier niet te krijgen; het aardappelloof lag verschrompeld, de boomgaarden hingen vol, er waren geen handen genoeg voor de oogst, maar waar zij kwamen joegen de boeren hen weg met liederlijke woorden. Met zestien, de kinderen meegeteld, waren zij onder dak in een kleine schuur, het zou wel gaan zolang het niet koud was. Van Vliet had wat geld gezonden om hout te kopen, daar wilden zij zwavelstokken van maken en ermee uit venten gaan.

Koppers gaf zijn geld en wilde dadelijk weer naar Friesland varen samen met de jongen op de tjalk, maar Rossaart bleef om te helpen. Hij kocht een schaaf en hij liet vuurmakers binden. Daarmee en met de zwavelstokken in bossen aaneengeregen en hoog op de schouders gestapeld, liepen de vrouwen de omliggende dorpen af, soms na vier dagen terugkerende met niet meer geld dan genoeg om opnieuw hout, zwavel en hars te kopen. Dan zaten zij in de schuur, waar het stro voor de nacht ordelijk aan de wand lag opgetast, op de grond bij de kolenpot hun kleren en schoenen te herstellen, luisterend naar Wuddink die sprak van de tijd toen de apostelen over de aarde gingen, hoe de gelovigen vervolgd werden om hun kruis te dragen, in de verwachting van de Verlosser. De zaligheid zou zeker komen, de mensen moesten maar eerlijk leven en geen kwaad doen. En als zij hem vroegen hoe zij handelen moesten als de mensen van de overheid onrechtvaardig waren en hij antwoordde: Sluit je ogen voor het kwaad van anderen, draag je bezoeking, je zal het toch ook geen onrecht noemen als het vuur van de bliksem je treft? wat je van de mensen te lijden hebt is evengoed uit God – dan verzetten sommigen zich wel, zeggend dat het bloed ging koken als je door een diender werd weggehaald alleen maar omdat een kwajongen je voor ketter had gescholden en er was volk omheen komen staan. Er was een vrouw met een zuigeling in de arm, wier man al een maand in de gevangenis zat omdat hij tegen een lansier gezegd had dat hij door het zwaard zou vergaan. Ja zeker, zei de schipper, dat is ook strijdig tegen het gezag, even goed als het dragen van wapenen strijdig is met wat er geschreven staat. Als de een kwaad doet mag de ander het niet ook doen.

Wuddink moest vertrekken en toen er in november van de vijf mannen drie met koortsen lagen, bleef Rossaart en hij bleef heel de winter nadat op een avond boerenjongens tegen de schuur een brandje hadden aangestoken. Er moest getimmerd worden nu de regen door het dak viel en de gure wind door de reten woei. Toen moesten er nog van de vrouwen en de kinderen met ziekte liggen, de zwavelstokken brachten maar weinig stuivers op. Brood en aardappelen werden duur, de kinderen vroegen en klaagden. Om meer ruimte te laten spande Rossaart aan de buitenkant van de schuur een zeil, daar deed hij zijn werk. Wanneer er boeren voorbijgingen die schimpten en scholden, bedwong hij zich. Maar wie naderde en zag hoe hij plotseling in zijn volle lengte stond met de grote vuisten op de heupen, deinsde en ging verder. Dan glimlachte hij en zei: Als ze maar weten dat je een paar handen hebt zijn ze mak.

Toen kwam weer de tijd van dunne wolken en vogels in de wei. Rossaart werd onrustig. Zij kregen bericht dat een gelijkgezinde geld had gegeven om een grote aak te kopen die in het ruim plaats had voor vele gezinnen, de vrienden waren welkom. Zij gingen naar Krimpen en daar nam Rossaart afscheid. Hij voer zijn geboortestad voorbij, de bomen stonden er in jong blad. In Bommel zat hij een avond lang bij tante Jans, die verbaasd en meewarig luisterde naar het verhaal over zijn vrienden, hun eendracht en hun ontberingen. Dan vertelde zij van Marie, die nog bij de zieke weduwe diende, strijdend tussen haar geloof en haar toegenegenheid. De tante drong aan dat hij een fatsoenlijk bestaan zou zoeken, als hij niet bij zijn vader wilde terugkeren, zou hij het immers hier wel vinden, zoals zijn broer Hendrikus die eveneens een vrijer opvatting van de godsdienst had. Hij schudde het hoofd: Zij willen je niet als je niet buigt voor het kerkgeloof en dat gaat niet meer, ik geloof niet meer aan de zonde en als je dat niet gelooft ben je een ketter en je krijgt het brood niet zoals een ander.

Hij wilde niet langer dan één nacht blijven, hij nam ook niet meer geld aan dan voor nieuwe schoenen. De tante stond met tranen aan de deur. Onderweg vond hij in zijn bundel een gestrikte beurs met tien guldens.

In het veerhuis van Hedel vroeg hij onderkomen voor de nacht. De veerman lag op bed, zijn knecht stond onder de wapenen en als Rossaart het veer wilde bedienen kon hij blijven want het werk was veel te zwaar voor de vrouw. Toen zij hoorden dat hij de watersnood voor tien jaar had bijgewoond ging de veerman rechtop zitten in bed: Ja, ja, die Waterman. Je bent lang weggeweest, om een rooms meisje, heb ik gehoord. Bijl vertelde dat zijn vrouw ook rooms was en dat zij daar veel om te verduren hadden, niet van haar eigen volk, want die hadden het weer vergeven, maar van zijn kant en het was gestadig vechten om het veer te behouden. In Maas en Waal was het die winter ook slecht geweest, de mensen daar waren het eens met de Walen en er was veel roerigheid geweest, jongens die niet in krijgsdienst wilden tegen hun eigen geloof, de jagers waren er aan te pas gekomen en er lagen er nog in Nijmegen. Twee kerken zijn geen broeders, zei hij, de Walen hebben gelijk als ze van ons af willen, waarom ze dan met het geweer te dringen. Rossaart vertelde dat het anders kon als de mensen niet alleen aan zichzelf dachten en zich hielden aan de eenvoudige geboden, zoals zijn vrienden wilden, zonder dwang van de dode letter, zonder verkleefdheid aan goederen, die immers meer gegeven waren voor gebruik.

Het was rustig in het veerhuis die avonden van juni, de vrouw bij het naaigoed luisterend, de veerman in zijn bed pratend met Rossaart die buiten zat met het hoofd over het kozijn geleund. Toen na enige weken Bijl kon opstaan zei hij dat hij wist waar hij heen zou gaan in geval het veer hem werd afgenomen en om te tonen dat hij het meende wilde hij dat Rossaart het veergeld in de kast zou leggen en ervan nemen wat hij nodig had. Rossaart legde zijn beurs erbij.

Hoewel de grote afdelingen met de pontveren gingen kwamen er dikwijls enkele soldaten, op weg naar Bommel, om overgezet te worden. Op een morgen dat Rossaart aan de andere oever wachtte zag hij soldaten de weg af komen die twee gevangenen meevoerden, met de handen op de rug gebonden. Toen zij naderden herkenden zij elkander, het waren Breehout en Winter, van de vrienden, opgeruimd als altijd. Landverraders, zei de een, maar geen farizeeërs. En de ander: De generaal houdt niet van mensen die de geweren laten staan, hij kan toch niet alleen tegen de vijand lopen? De sergeant, een Duitser, vloekte en gebood te zwijgen. Op de vraag wat de jongens gedaan hadden antwoordde hij: Wapens nedergeworpen, vrome lui. Zet ons over. Rossaart legde de armen over elkaar en zeide: Neen man, als zij eerlijk zeggen dat ze geen mensen willen doodschieten volgens een hoger gebod, dan kan je van mij niet vergen dat ik ze wat dichter bij de gevangenis breng, je moet maar zien dat je dat zelf klaarspeelt.

De sergeant beval de soldaten hem te binden. Rossaart naderde hem en zei: Ik zal geen geweld tegen geweld zetten, maar je moet even zien dat ik wel handen heb. Hij gaf hem een duw dat hij van de berm viel en hield dan zijn handen voor de soldaten, die hem bonden. De sergeant trapte hem tegen de benen, schreeuwend: Vooruit, hond! en de drie gevangenen stapten in de schouw. Aan de oever stonden Bijl en zijn vrouw met de kinderen te wachten, maar de sergeant gaf geen uitleg en liet voortmarcheren. In Bommel schoten van alle kanten kinderen toe die volgden, vrouwen aan de deur riepen: Waterman! Mannen vroegen de soldaten en die antwoordden dat hij de sergeant geslagen had. In het stadhuis waar zij opgesloten werden tot de schuit vertrok, vernam de dijkgraaf dat de zoon van Rossaart gemene zaak had gemaakt met lotelingen die de dienst geweigerd hadden, zij behoorden tot de zwervers van Waddinxveen waarvan er al meer in de gevangenis zaten wegens verzet tegen het gezag. Op zijn verzoek liet de burgemeester Rossaart in zijn kamer brengen. De heren spraken hem gemoedelijk toe, zeggend dat hij toch te veel eer moest hebben om voor gemene dienstweigeraars partij te trekken en een braaf krijgsman, die zijn leven waagde voor het bedreigde vaderland, nog te mishandelen ook. Met verlof, antwoordde Rossaart, ik heb de sergeant alleen maar laten zien dat ik hem wel aankon, mishandeld heb ik hem niet. En die jongens zijn wel gewone liedjeszangers, maar zij geloven beter dan anderen wat er geschreven staat dat de mens het zwaard niet mag nemen. En als burgemeester dat verraad noemt dan heeft hij een andere gedachte van de Schrift dan ik. Als het vaderland in nood verkeert moeten wij allen pal staan, riep Bunke, met de vuist op de tafel slaande, en er staat ook geschreven: Ik breng het zwaard.

Wel, als dat gebracht is om er onze broeders mee te vermoorden, dan klopt dat niet met het zesde gebod. De heren weten wel dat bloedvergieten kwaad is.

De burgemeester bleef kalm en sprak glimlachend: Je mag je praatjes voor je houden. De overheid laat de wapens dragen en de overheid, die door God is ingesteld, moet gehoorzaamd worden. Breng die man weg. De morgen daarna stapten zij in Gorkum voor de Waterpoort aan wal en de sergeant riep een jongen om hem voor te gaan naar de kazerne. In de Tolsteeg stonden de gebroeders Aker voor de timmerwinkel, de een riep: Als dat Maarten niet is en in de boeien! Snel ging de naam Rossaart van deur tot deur herhaald. Hij heeft nooit willen deugen, zei een vrouw, als kind al was het een verstokte zondaar. Een landverrader, riep een man, die met de paapsen hokt. Bij de Hoofdwacht zag zijn oudste broer hem, die verbleekte en stilstond. Een half uur later kwam de oude Rossaart aan de kazerne navraag doen en de adjudant antwoordde hem dat zijn zoon zich ten nadele van het vaderland verzet had tegen het bevel van een sergeant, in een tijd als deze dat iedere borst gloeide voor de koning. De commandant zou hem wel naar Dordrecht zenden. Maar de twee vrienden van zijn zoon, niet beter dan landlopers, kregen zeker de volle maat.

Nog voor de klok twaalf had geslagen wist een ieder dat er landverraders waren opgesloten. Op de Markt werd geroepen: Weg met de Walen! Een bakker hing de vlag uit en in de namiddag zag men vlaggen in alle straten.

De commandant was een bejaarde kapitein van de schutterij. Toen zijn adjudant hem vroeg hoe er over de gevangenen beschikt moest worden liet hij Rossaart voor zich brengen. Nadat hij rustig aangehoord had sprak hij: De zin voor het vaderland is je niet aangeboren. Maar als je niet anders misdaan hebt dan die duw aan de sergeant, die in ons leger allang niet meer thuishoort, en je hebt alleen maar geweigerd hem over te zetten, dan weet ik niet wat er te straffen valt. Ik heb je oom Goedeke gekend, een weldenkend man met eerbied voor ieders overtuiging, wij moeten wat door de vingers zien. Blijf vannacht in de politiekamer, dan kun je morgen gaan. Als je dan maar het rechte pad bewandelt.

Op de vraag wat er met de vrienden zou gebeuren antwoordde hij: Je moet niet te veel vergen, Rossaart. Dat is een misdrijf tegen de krijgstucht en nog wel nu het land onder de wapens staat. Die kerels moeten voor de krijgsraad, daar krijgen ze een jaar of anderhalf. Met godsdienstige beginselen, al zijn ze nog zo eerbiedwaardig, kunnen wij geen leger op de been houden. Dat zou geen enkele predikant ook goed vinden.

Toen Rossaart bij de dageraad uit de kazerne kwam waren de vlaggen weer ingehaald. Hij zag de toren aan waar hij als jongen stenen naar boven had gegooid, biddend dat God hem zou straffen en de andere mensen sparen. Zijn zuster opende de deur en groette niet terug. Hij zag zijn vader, die vergrijsd was. Vijf jaren ben je weg geweest, zei hij, je wordt in de boeien teruggebracht in de stad waar je ouders en je voorouders eerlijk geleefd hebben, wat kom je hier nu doen?

Ik kom om te zeggen dat ik geen misdaad heb begaan, anders zou ik nu niet vrij zijn. Ik heb je geen schande gebracht.

Dat heb je wel, riep de vader heftig, ze weten het allemaal hier dat je met dat kettergespuis verkeert, dat geboefte dat de heilige naam aanroepend God lastert met ontucht en liederlijkheid. En durf je nog voor je eerbare verwanten verschijnen? De Heer heeft mij zwaar gestraft.

Ik zal wel gaan, zei Maarten, geef mij nog één keer de hand. En toen zijn vader aarzelde, drong hij aan, hem dicht onder het gelaat aanziende: Hoe sprak Jezus van zeven keer zeven keer?

Hier, zei zijn vader, zich afwendend. Ook de zuster reikte de koude hand, zonder een woord.

Maarten deed voorzichtig de deur achter zich toe en ging langzaam. De vrouw van de pottenwinkel, die hij tijdens het bombardement naar het gasthuis had helpen brengen, riep de buren en wees naar hem. Op de hoek kwam hij zijn broer Hendrikus tegen, die voor hem staan bleef. Zij hadden elkaar in lang niet gezien, Maarten wist zelfs niet dat hij in Rotterdam woonde. Hendrikus liep aarzelend een eindweegs mee, oplettend hoe de voorbijgangers naar hen keken. Waarom heb je zulke kleren aan? vroeg hij, je ziet eruit als een poldergast. En op het antwoord dat Maarten de vorige dag in de kazerne was opgesloten en zich niet van modder had kunnen reinigen, zei hij: Ja, je strekt ons niet tot eer. Je had bij vader een fatsoenlijk bestaan kunnen hebben als je niet met dollemanskop was weggelopen omdat je die dienstbode niet kreeg. Naar je kleren te zien mag je nu knechtswerk doen, morgen nog van de bedeling. Hier heb je een gulden.

Maarten stond stil, rustig lachend, de zon scheen op zijn blonde haren. Zijn broer zag voor het eerst hoe recht hij iemand aankeek. Je bent goed van bedoeling, zei hij, maar als je zo aan knappe kleren hecht kom je laat in de hemel. Stop die gulden maar in je spaarpot, hij komt je nog te pas.

Zij gaven elkaar de hand, Hendrikus ging heen. Maarten stond op de hoek van de Arkelstraat, kijkend naar het huis met de brede stoep. De deur ging open. Hij wilde erheen, maar hij bemerkte achter de winkelruiten en daarnaast in een spionnetje ogen op hem gericht. Toen ging hij verder, een jongen riep hem na. Buiten de poort blonk de hemel over de rivier en de groene landen.

VII

Voorbij Papendrecht zat een vrouw in een grijs jak tegen de dijk met de bossen zwavelstokken rondom zich en toen zij geantwoord had dat zij van de broederschap was ging hij bij haar zitten. Zij had de schoenen uitgedaan wegens de pijn aan de voeten die bloedden van de spijkers, met dit zware weer kon zij moeilijk lopen. Van de vorige dag, toen zij op weg ging, had zij maar vier bossen verkocht en van het gebeurde geld niets afgenomen voor brood. Zij vond dat het nu tijd werd dat men iets over had voor zijn geloof. In vele dorpen woonden mensen die geloofden zoals zij, maar zich niet hielden aan het voorbeeld van gemeenschap in het goed en nu de vijandschap toenam was het nodig dat de vrienden ook het gebrek verdroegen om elkaar te helpen. Haar man was Hein Blommert, die Rossaart van jongs af kende, dijkwerker van zijn vak, onlangs weggezonden van een werk aan de Biesbos om zijn geloof. Hij werd opstandig, zij vreesde dat hij nooit de kracht zou hebben om zijn kruis in geduld te dragen. Nel trok de schoenen weer aan om de mensen geen aanstoot te geven door blote voeten, maar het was haar aan te zien dat iedere schrede haar pijn deed.

De aak lag niet ver af aan de overkant voor Dordrecht. Behalve de ongetrouwden woonden er tien gezinnen, ook Wuddink die Gees Baars tot vrouw genomen had, de vurigste in het verkondigen van de leer. Allen waren uit de werkmansstand of schipper, door geloof samengekomen, ook door gebrek, behalve Hogerzeijl die van de herenstand was en nadat hij al zijn goed gegeven had ook de armoede wilde delen. Heel de open bak diende tot woonruimte, voor de nacht door zeildoek afgeschut en met zeildoek gedekt. Bij de plecht stond de kolenpot, het aardewerk hing er aan spijkers. Aan het ander eind, bij het roer, waren vrouwen en kinderen bezig de houtjes te kloven en te snijden. Ginds tussen het riet stonden de mannen in het water, met bijl en spade stobben uitgravende en hakkende, nat tot op het hoofd van het opspattende water. Verbaasd zagen de vrouwen hoe Rossaart, buis en schoenen uitgedaan, van boord sprong en naar hen toe zwom. En zwemmend keerde hij terug terwijl de anderen met de vlet gingen voor het eten.

Na het gebed sprak Wuddink de omzittenden toe en hij vroeg Rossaart of hij blijven wilde, want er zou een schipper nodig zijn nu hij op de grote aak te doen had en Koppers niet meer varen kon. In de zomer diende de schuit om met de zwavelstokken verderop te gaan, in de herfst en de winter om turf te halen. Toen Rossaart hem in de hand sloeg dankten allen.

Het waren dagen van ongestoorde arbeid van zonsopgang tot avondschemer. Zij hadden het werk geregeld. De sterksten groeven de stobben uit de modder, anderen hakten het droge hout; enige vrouwen kloofden en gaven de stokjes verder om ze op maat te snijden, grote kinderen doopten ze in de potten, kleinere telden en bonden ze te zamen. De voorraden werden opgestapeld in het achterschip. Een was er die niet werkte, vrouw Winter, op de vloer gezeten met een doek over het hoofd en met de ogen toe, biddend voor haar zoon die ziek lag in het gevangenhuis. Soms zuchtte zij, soms stond zij op en hief de handen hoog boven het hoofd. Wanneer voor het schaften geroepen werd en zij bleef zitten, bracht Wuddink of zijn vrouw haar de kom soep, troostte haar dat God barmhartig was, bad haar voor en zat naast haar om haar op te beuren. Onder het werk stond nu de een, dan de ander op om haar even toe te spreken. Wuddink had geschreven aan een vriend in Leiden, die een advocaat kende, om te vragen of de overheid geen genade kon hebben voor de jongen en zijn moeder, en een der vrouwen ging iedere morgen naar de posterij of er al antwoord was.

Zij hadden van de pachter verlof gekregen de stronken daar weg te halen, maar toen zij na twee weken niet genoeg verdiend hadden om alles te betalen, want met de zomerdag werden er weinig zwavelstokken verkocht, kwam hij met een diender en beval de schuit uit dat water weg te brengen. Het baatte niet dat Wuddink zei dat er eerlijk betaald zou worden, noch dat hij hem vroeg of Jezus niet de vriend van de armen was, zoals hijzelf toch wel zong in de kerk, of het niet betamelijk was aan de armen brood te gunnen, de man antwoordde niet anders dan dat voor de afgedwaalden het woord niet gold en verzocht de diender nogmaals te bevelen. Blommert kwam driftig nader, maar Gees hield hem vast: Waar het zwaard regeert moeten wij buigen. De man houdt het woord van God wel niet, maar de stobben en het water zijn zijn eigendom en het zwaard is er om dat te beschermen. Wij gaan al, man, en je geld is veilig.

Rossaart had rustig toegekeken. Hij vroeg hoeveel er schuldig was en op het antwoord: twee daalders, zei hij: De volgende week heb je het. Toen nam hij de andere boom en samen met Blommert begon hij de aak af te zetten.

Zij hadden dicht bij de stad willen vastmaken maar toen zij zagen dat de vlaggen uithingen vond Wuddink het geraden op een afstand van de wal te blijven. Rossaart schreef een brief aan de veerman om de beurs en de achtergelaten kleren te zenden en hij ging naar de stad om hem naar de bode te brengen, vergezeld van Gees, die van een bakker daar soms brood mocht borgen. De straten waren tot feest getooid en de eerste die zij vroegen vertelde dat het leger roemrijk overwonnen had. Er stonden palen met wimpels en poorten opgericht, er hingen slingers en borden met lofspreuken erop en een ieder droeg een strik of een lint. Gees trad een winkel binnen en zij zei tot de vrouw: Ik heb geen geld, maar ik wil de koning geven wat des konings is, hier heb je drie bosjes stokjes, geef mij daarvoor een half el lint. De vrouw keek haar verwonderd aan, maar toen zij met haar praatte en hoorde dat zij van de nieuwe leer was, zeide zij: Mens, jullie zijn op het verkeerde pad, maar het eert je dat je mee wilt juichen en de Heer danken voor de overwinning. Je kunt drie verrel krijgen, ook voor de anderen op je schip.

Toen zij buiten kwam, waar Rossaart stond te wachten, en hem een strik op de borst wilde spelden, weerde hij af: Neen, niet voor mij. Wij worden uitgestoten, ketters en verraders, schooiersvolk, wij kunnen met hun gejuich niet meedoen.–Het zijn je broeders en landgenoten, Rossaart.–Jawel, de overwonnenen zijn dat ook. Ik voel geen vreugde voor de overwinning hier, de nederlaag daar.–Het hemd ligt nader dan de rok, Maarten.–Jawel, maar mijn hemd ligt op de aak.––Je moet de koning geven wat hem toekomt.–Dat is goed, maar dan draag je oranje op zijn verjaardag.

Hij stak het lintje in zijn zak. Een paar jongens volgden al, uit de winkels kwamen nieuwsgierigen aan de deur. In de Wijnstraat moesten zij tegen de muur staan toen daar de muziek van de schutterij aantrok, van een drom kinderen begeleid, en stilhield voor een huis. De kinderen juichten: Lang zal hij leven, daar werd een venster geopend en toen een man het hoofd buiten stak zette de muziek het volkslied in. Gees vroeg aan een vrouw wat er te doen was. Weet je dat niet? dan ben je zeker van de paapsen.–Neen, riep een smidsknecht, dat zijn van die oproerkraaiers, ze hebben aan de armoe hun straf.–Gees hield Rossaart, die naar hem toe wilde, bij de arm. Een heer met een hoge hoed in de hand naderde en vroeg met luide stem waarom zij niet meezongen. Rossaart keerde hem de rug, maar zij ging voor hem staan en ook zij moest luid spreken wegens het gezang en de trompetten: Mijnheer, wij weten niet waarom, is het om de overwinning? Als er dan zo straks maar gebeden wordt voor die doodgeschoten zijn of die een arm of een been verloren hebben, dat moet een christen evengoed doen als God loven voor de gunst die hij geeft.–Velen drongen nader, zingend, met het gelaat naar hen gekeerd. Aan het slot van het lied en na het Lang zal hij leven, zette de heer zijn hoed op en riep een diender, bevelend de twee naar het stadhuis te brengen.

Daar wachtten zij een lange poos tot zij binnengeroepen werden en ondervraagd, vanwaar zij kwamen, wat zij in de stad deden. Gees antwoordde beleefd: zij waren gelovigen, die naar de leer van Jezus leefden en alle mensen voor vrienden hielden; arm, maar eerlijk hun brood verdienende; zondaars, ja maar zeker van de genade wanneer de Verlosser kwam. De commissaris waarschuwde de openbare orde niet te verstoren, noch met opruiing noch met preken langs de straat, want de preek behoorde aan de dominee in de kerk. Overal trokken zij de aandacht, nagewezen en achtervolgd. Het werd bekend in de stad dat de ketters van de nieuwe leer, die de kerk hadden afgezworen, die geen gezegende en ingeschreven huwelijken sloten en hun kinderen zelf doopten, in een schuit op de rivier lagen. Velen wisten van hen te vertellen en hun faam vererger de: opstandigen die zich verzetten tegen de overheid, die zich andermans goed wilden toeëigenen, die tuchteloos samenleefden; zwerversvolk zoals er altijd kwam waar kermis was, maar nu verenigd tot een bende.

Toen de kramen en de draaimolens geopend werden en er mensen van buiten kwamen, roeiden zij naar de aak om te kijken en het waren in het begin meest gemoedelijke scheldwoorden, maar de kermisgangers die in de ochtendschemer langsvoeren met dronkemansrumoer werden baldadig en zochten ruzie. Het werd voor jongens en mannen een vermaak de schooiers te gaan sarren, zij namen stenen mee en hakmessen om de schuit te vernielen. Op een ochtend werd Blommert, die er met een haak stond om hen af te weren, te water getrokken en toen hij de boot greep sloeg zij om. Rossaart sprong overboord, een ander bootje kwam snel bij en alle vier werden veilig op de aak gehaald. De vrouwen wrongen hun kleren uit. Toen de jongens wegroeiden riepen zij: Morgen een gat in je schuit en allemaal verzuipen. Die middag kwam er een heer met twee dienders en aan boord geklommen vroeg hij wat er gebeurd was en wie de jongens in het water had gesmeten. Wuddink vroeg wie hij dan wel mocht zijn en de heer beval hem driftig de muts af te nemen. Gees drong haar man opzij en sprak: Als er iemand in het water is gegooid dan is het een van onze vrienden, niet van die kwajongens. En zij vertelde wat er voorgevallen was, er bijvoegend dat er, in plaats van dank, gedreigd was hen allen te verdrinken. Waarop die heer zei dat het maar goed zou zijn. Ben je wel op school geweest, mijnheer? vroeg Gees, en kom je wel eens in een christenkerk? Het staat je anders niet mooi zo te spreken.–En Blommert: Maak maar gauw dat je wegkomt.

Hij maakte hun bekend dat hij de officier van het gerecht was en waarschuwde geen verzet te plegen. Als je van het gerecht bent, zei Gees, dan moet je nog leren het zwaard naar recht te dragen.–Ik zal jullie wel leren wat belediging van het gerecht je kosten kan. Vooruit, dienders, pak dat vrouwmens en die twee schoften mee.

Blommert verzette zich, hij sloeg en worstelde. Nel nam het zuigend kind van de borst, zij kwam met de andere vrouwen gillend toelopen. Verweer je niet! riep Wuddink die al in het bootje stond en Gees: Niet vechten, laat het geweld aan de onrechtvaardigen. Rossaart, ziende dat een van de dienders kwaad werd, greep Blommert bij de armen en hem vasthoudend terwijl zij hem bonden zei hij tot de officier: Wil je eraan denken, mijnheer, dat wij het gerecht geholpen hebben?

Drie weken ging Rossaart morgen en middag met Nel mee naar de gevangenis om navraag te doen, zij wachtten er voor de deur, omringd van nieuwsgierigen, en hoorden ieder keer dat er nog geen vonnis was; aan het huis voor krankzinnige vrouwen, waar Gees was opgesloten, kregen zij hetzelfde antwoord. In die tijd veranderde Nel. Zij was de sterkste van de vrouwen op de aak, die twee, drie dagen langs de wegen kon lopen, een zware vracht dragende, soms, wanneer zij voor de nacht terug kon keren, met haar kind op de arm. De vrienden zagen hoe zij verkwijnde. De eerste dagen sprak zij van onduldbare hoofdpijnen, daarna verzweeg zij het, maar zij at weinig, zij werkte lusteloos, nu en dan met beide handen aan het hoofd, en zij lette niet op het gedurig schreeuwen van het kind. Het scheen dat zij vooral van Rossaart hulp verwachtte en wanneer hij naast haar kwam zitten en van Hein sprak keek zij hem droevig dankbaar aan.

Op een morgen hoorden zij van de cipier dat de mannen en Gees veroordeeld waren, maar naar Den Haag gebracht zouden worden voor een nieuw verhoor. Nel zei dat zij daar ook heen zou gaan en zij vroeg Rossaart haar niet alleen te laten, zij was niet zo sterk meer en bang alleen. Een welgezinde schipper nam hen mee tot Schiedam. Van de vrienden hadden zij wat geld gekregen, maar het was weinig en zij zouden daarginds de kost moeten verdienen. Toen zij 's morgens vroeg te voet verder gingen regende het zo hard dat de schipper Nel een stuk zeildoek gaf om zichzelf en het kind te dekken. Het zware doek drukte haar, zij kon moeilijk voort en eer zij aan Delft kwamen moesten zij een schuilplaats vragen om te rusten. Na de middag verminderde de regen, de lage wolken voeren snel aan de grauwe lucht en de wind rukte soms aan de bomen zodat de gele bladeren vlogen. Even voorbij Delft werden zij ingehaald door een schuit vanwaar geroepen werd. Blommert stond daar bij de beurtman met een diender achter zich, ook Wuddink hief de saamgebonden handen op en Gees riep: Vertrouw op God. Een eind liepen zij sneller om de schuit bij te houden, maar het paard ging op een drafje en daar het kind begon te schreeuwen moest Nel het weer overnemen. Ach Rossaart, zei zij en hield zijn arm, als ik hem maar ooit weer terugzie. Toen wuifde zij nog eens naar de gestalte op de schuit.

In Den Haag moesten zij weer wachten en dagelijks vragen aan de gevangenis. Toen er na een week geen geld meer voor de kostbaas was liep Rossaart naar Leiden, waar de koekenbakker Van Vliet woonde die de vrienden dikwijls hielp. Hij kreeg geld en kaas en gepekeld vlees, en hij mocht nog eens terugkomen. In het eind van november werden de gevangenen opnieuw veroordeeld wegens landloperij en belediging van de rechtbank,

Gees zou in Gouda, haar man in Leiden en Blommert in Haarlem in de gevangenis zitten. Nel lag op de matras te huilen en schudde maar het hoofd tegen Rossaart die voor haar stond met het kind op de arm. Alle mensen worden zwaar beproefd, zei hij, en allemaal doen wij mekaar kwaad, maar er komt een tijd dat zelfs de domste weet dat wij allemaal van God zijn. Kom Nel, dragen en vergeven. Landlopers, wat schaadt het of ze dat zeggen? En als Hein tien maanden van zijn leven in de gevangenis moet verliezen, wel mens, dan geef ik er tien van het mijne om bij je te staan.–Zij snikte lang en toen zij eindelijk stil werd zeide zij: Ik weet niet wat ik heb, net of mijn leven gebroken is. Als hij vrijkomt zal hij toch niet dezelfde zijn. Ik moet naar Haarlem en verlaat jij mij niet, als er iets gebeurt wat moet er dan met het kind.

De volgende morgen gingen zij op weg. In Leiden gaf Van Vliet weer wat geld en in Warmond bleven zij, omdat Nel pijn had aan de voeten, twee dagen bij een oude man die de broederschap aanhing, een gewezen ziekensoldaat die alleen woonde. Hier vonden zij ook andere vrienden, zij moesten er veel vertellen en zij kregen kleren. Met de beurtschuit konden zij verder reizen.

In Haarlem bracht Rossaart haar naar een vrouw die een water- en vuurkelder hield in de Kleine Houtstraat, die wilde haar bij zich nemen. Hij ging diezelfde dag naar de aannemer voor wie hij vroeger gewerkt had en hij werd dadelijk aangenomen als voorman bij het graafwerk aan de Amsterdamse trekvaart. Zo zorgt God voor ons, zei hij tegen Nel, genoeg brood voor jou en je kind om weer flink te worden en voor mij werk waar mijn handen naar staan.

Hij sliep in de keet aan de vaart, alleen op zaterdagavond kon hij naar Nel gaan. En daar zij soms vergunning kreeg voor bezoek in de gevangenis op zondagmiddag, bleef hij en vergezelde haar. Blommert, met zijn hoofd tegen de tralies geleund, antwoordde weinig, hij scheen onverschillig voor wat zij zeiden. Na het bezoek, dat kort duurde, liep Nel gewillig, hoewel zwijgend mee langs het Spaarne buiten, maar door de stad wilde zij niet gaan omdat de mensen naar hen keken. Wanneer Rossaart zeide dat de gevangenis geen schande was als men er niet voor misdaad zat, antwoordde zij dat het toch voor de mensen niets dan verachting gaf en dat voelde zij steeds erger drukken.

In de nawinter werd het roerig in de stad. Men zag in verscheiden straten de boel buitengezet om verkocht te worden omdat er geen huur betaald was, het kwam vaker voor dat er gevochten werd en nadat een troep ontevredenen voor het stadhuis geschreeuwd had kwam de schutterij dagelijks op. Tot laat des avonds hoorde men stemmen in de straten, soms plotseling heftig schelden en vloeken. De bakkers sloegen de prijzen op. Er werd verteld dat er ook op andere plaatsen ontevredenheid heerste. Nel hoorde van de cipier dat er geen vergunning voor bezoek meer gegeven werd, het was te vol. Rossaart troostte dat de langste tijd van de straf geleden was, het werd gauw zomer, iedere dag bracht de bevrijding nader. Hij zag dat er een leegte in haar ogen was. 's Zondags moest hij aandringen dat zij meeging naar de Hout, daar hielden zij het kind ieder aan een hand om het te leren lopen. Maar Nel werd door gedachten gekweld, zij voelde zich gauw moe. In juni zat zij het liefst onder het zware lover op de grond, starend over de lichte weide, terwijl Rossaart het kind bezighield aan de slootkant. En hij was het die het dan slapend naar huis droeg.

Toen ging het gerucht dat er cholera was in Amsterdam en weldra zag men dat de venters hun aardbeien en kropsla in de gracht moesten gooien. Waar een huis met een zieke was maakten de buren een kruisje op de deur en wilde geen bakker of melkboer aanschellen. Toen Nel brood kwam halen omdat haar kostvrouw ziek was werd haar gezegd buiten de winkel te blijven staan. Op een zaterdagavond vond Rossaart in de kelder het vuur gedoofd en de deur naar het achtervertrek openend zag hij in het halfduister de vrouw in haar bedstee en Nel op de matras aan de wand. Het kind begon te schreeuwen. Hij liep naar de kruidenier aan de overkant, die hem zeide hulp bij het armbestuur te vragen, in de straat daarachter. Een langzame oude man antwoordde hem dat er op zaterdagavond niemand komen kon. Die nacht zat hij slapeloos in de kelder bij een waspit met het kind naast hem op een turfmand, en in de morgen ging hij nogmaals vragen, later ook aan het gasthuis. Er kwam een ziekenvaar die een drankje gaf. Rossaart nam het kind mee naar buiten omdat het gedurig schreeuwde, de buren keken hem zwijgend na. En toen hij terugkeerde riep Nel hem en zeide: Rossaart, denk om mijn kind. God zal het je lonen.

Op de maandagavond kwam hij weer van Halfweg, de

vrouw lag te zuchten, maar Nel gaf geen antwoord. Toen hij weer kwam waren de zieke en de dode weggehaald. Hij liet het kind bij de kruidenier en hij ging vrijaf vragen voor de begrafenis. De doodgraver keek verwonderd naar hem op toen hij bad en nam zijn pet af.

Zes weken later, bij het begin van de kermisweek, was het feest in de stad met veel vlaggen uitgestoken. Op het Plein en onder de bomen van de Dreef drong een menigte om naar de parade te kijken die daar voor de vrijwilligers gehouden werd. Rossaart, die bij de baas had opgezegd, was al vroeg in de stad. Hij keek naar de erepoorten, hij las de opschriften, en een man, die naast hem liep, zeide dat de vrijwilligers kruisen van het veroverd metaal kregen omdat het vaderland trots op hen was. Dat is goed, antwoordde hij, en God geve dat het vaderland verdraagzaam wordt en niet zoveel van zijn zoons verliest door gebrek aan brood. De man verstond hem niet door de muziek.

Toen ging hij schoenen kopen voor Blommert en aan de deur van de gevangenis staan wachten. Blommert kwam buiten met gebogen hoofd en keek hem vragend aan. Hij vertelde het hem dadelijk en nam hem mee naar een kosthuis op de Turfmarkt. Daar zaten zij tegenover elkaar naar buiten kijkend waar de bollenkramen onder de bomen stonden, zwijgend, tot Blommert begon te spreken. Wij zijn vrienden al van kind af en je bent een vriend geweest voor mijn vrouw en mijn kind, ik weet wat dat zeggen wil. Ik heb de tijd gehad om na te denken en nu hoop ik maar dat je het met mij eens bent. Er is hier voor ons geen plaats als wij eerlijk willen leven gehoorzaam aan de wet van God. Wij willen broederschap en rechtvaardigheid en ze antwoorden dat wij oproerlingen zijn en landverraders en ketters. Als je niet meedoet en een zwart pak aantrekt voor de kerk, als je niet zegt dat je een ellendige zondaar bent, als je niet met de muts in de hand mijnheer zegt en alsjeblieft, dan nemen ze je het brood uit de mond. Het is of mijn neus er niet meer tegen kan, het stinkt hier erger dan de grachten van de veinzerij. Want geloof is er niet als je elkaar het leven bitter maakt. Er was daar bij ons een jongen met zes maanden omdat hij op straat gescholden had, niets erger dan de anderen, en die werd op de binnenplaats gesard net als ik, hij omdat hij rooms was, zoals ik om de broederschap. Ik wil naar een land waar tenminste mijn kind niet opgroeit in de haat en de armoe. Ik wil naar Amerika, ga je mee?

Rossaart zweeg een poos. Daar heb ik ook aan gedacht, zei hij, maar het gaat niet. Ik wacht op het meisje waar ik mee trouwen wil, wie weet hoe lang het nog duurt. En dan, als ik met mijn blote voeten in de modder sta, dan voel ik dat ik hier niet weg zou kunnen. Er komt iets uit dat je door het merg gaat. En daarvoor kan ik al die narigheid wel verduren. De vrijheid is voor jou om verlost te zijn van de veinzerij van de mensen en voor mij om met water om te gaan. En zeg niet dat ze daarginds ook water hebben, het is hetzelfde niet.

Het orgeltje van de draaimolen verderop begon te spelen, kinderen liepen hard voorbij. Zij gingen uit, zonder te spreken langs de kramen. 's Avonds zei Blommert dat hij nog eens rond wilde lopen, hij zou misschien nooit meer een kermis zien. Op het Verwulft, waar een zangvereniging bij fakkellicht het volkslied zong, bleef hij staan luisteren. Bij de morgenschemer haalden zij het kind, Rossaart moest het dragen omdat het zich van zijn vader afkeerde. Zij stapten op de schuit aan het Spaarne, de huizen waren nog gesloten en over het dampige water wiegelden de eerste glansen.

VIII

Bij het vallen van de schemer afgestapt om inkopen te doen voor zij naar de overkant terug zouden varen, merkten zij een ongewone drukte, groepjes mensen hier en daar heftig in woordentwist. Gees dacht dat er ook hier opstootjes waren en zij vroeg Bijl, die achter haar liep met de grote mand, of zij niet beter deden uit het gedrang te blijven. Maar niemand sloeg acht op hen. In de gruttenwinkel waar zij binnentraden, donker en leeg, kwam de vrouw met beschreide ogen en van haar hoorden zij wat er gaande was. Ik mag je niet meer verkopen, zeide zij klagend, mijn man heeft de kolder in de kop van de nieuwe dominee. Alleen de ware broeders wil hij tot klanten. Heb je niet gezien dat er soldaten in de stad zijn? Er staan er op wacht bij de kerk, wie weet wordt er morgen gevochten als de dominee erin wil. Ze hebben hem het preken daar verboden omdat hij de andere dominees uitschold voor leugenaars en Baälsdienaars. Het wordt zo wel het einde zoals voorspeld is, valse profeten in het geloof. Dan zijn jullie verstandiger, je hebt nu eenmaal je verdoemenis gekozen, maar jullie leven tenminste eensgezind. Nu zit mijn man te vergaderen of ze niet een eigen kerk kunnen krijgen en mij verbiedt hij de gezangen. Hier heb je een paar kop gort om niet en ga dan maar op de Groenmarkt kopen.

Zij haastten zich naar de andere winkel, daar was het druk en zij werden er geholpen. De man vertelde onder het inpakken dat er morgen een andere dominee zou zijn, de soldaten zouden de kerk bewaken. Toen Gees het een schande noemde dat het dienen van God de macht van wapens nodig had, antwoordde hij dat zij nu eens een waar woord sprak.

Over het donker water voeren zij naar Zwijndrecht. In de keet, zindelijk geschrobd, stond de lange tafel gereed met de kaarsen al aangestoken, met de kommen van aardewerk en de vorken. De broeders en zusters kwamen binnen en zetten zich op de banken. Wuddink aan het hoofd van de tafel, rees op. Hij deelde mede dat er twee gevraagd hadden een huwelijk te mogen sluiten; Hogerzeijl, de oudste, had al toegestemd, maar hijzelf was ertegen omdat de broederschap het werk van het meisje niet missen kon nu er pas twee vertrokken waren. De gemeente mocht zich drie dagen tot het besluit beraden. Toen Breehout, de man die trouwen wilde, hem vroeg wat hij dacht van het huwelijk op het stadhuis, antwoordde hij dat een elk naar het geweten moest beslissen of het woord genoeg was of niet. Volgens Hogerzeijl en hem hoefde de broederschap zich in een zaak als het huwelijk aan de inzettingen van de wereld niet te houden: Wie zijn maagd trouwt doet wel, wie haar niet trouwt doet beter. Maar als hij trouwt, dat hij dan zijn vrouw bezitte in heiligheid en eer. Dat is het voornaamste.

Toen zeiden zij het gebed. En de schalen met roggebrood werden ingedragen, Hogerzeijl en Gees liepen ter wederzijde van de tafel om te dienen. Onder het eten vertelden zij die uit geweest waren om te venten en zij die thuis gewerkt hadden.

De broederschap, sedert een jaar hier gevestigd, bezat behalve de aak, alleen gebruikt wanneer er ruimte tekort kwam, op de werf van een der vrienden een grote loods, tot slaapvertrekken ingedeeld, de keet tot dagverblijf en daarbij nog een kleine schuur. Daar hadden zij, toen de suikerbakker Seebel zich met zijn gezin had aangesloten, een fabriek van Zeeuwse chocolade ingericht, de plakjes en de repen lagen er op de planken, in wit papier gepakt. Des maandagmorgens voeren zij weg met drie kleine schuiten om hun waar te verkopen op alle plaatsen van Zuid-Holland, op de eilanden, tot het land van Maas en Waal toe. Ook de zwavelstokken en de vuurmakers werden nog gevent door de grote kinderen. Bovendien bracht Rossaart, die turf voer, al zijn verdienste aan, maar hij bleef maanden in het Noorden. Er waren regelen gemaakt voor de verdeling van het werk en voor het besteden der gelden, maar overigens werd van de broeders en zusters niet anders gevergd dan dat zij leefden naar de geest van het Nieuw Verbond. Wie een geschil had met een ander bracht het voor een der oudsten, dan werd erover beslist in de kring waar alle meerderjarigen zaten. Toch heerste er verdeeldheid, die al jaren was aangegroeid; de ouderen geloofden dat de wereld geheiligd zou worden op de komende dag dat Jezus weer onder de mensen verscheen, zij hielden het de plicht der nederigheid niet anders dan te wachten; de jongeren hadden de overtuiging dat zij met eigen handen de staat moesten bouwen die Jezus waardig was, zij geloofden dat dit niet mogelijk was in een land van verharde slaven van de letter, zij wilden naar het nieuwe land Amerika waar niets hen belemmeren kon. Het waren de sterke werkers die, door Blommert en Breehout geleid, hiernaar streefden en eisten dat een deel van de verdiensten gespaard zou worden om de reis te betalen voor al wie vertrekken wilde. Indien Rossaart aan hun zijde was zouden de anderen toegeven want Wuddink en zijn vrouw hadden vertrouwen in zijn oordeel, maar hij hield vol dat een ieder op zijn geboortegrond behoorde.

Het was een kleine schuit waarop hij voer, oud en opgelapt, en in de winter nam hij wel een jongen mee om te helpen, maar in de zomer ging hij liefst alleen. Als hij de Zuiderzee over moest deed hij het langzamer dan anderen omdat de schuit maar een dunne mast verdroeg, dan voer hij op zijn gemak onder de dijk en legde 's avonds vast. Alleen wanneer hij vlugge bestelling had ging hij rechtuit op goed geluk.

Eens toen hij na twee jaar weer in Bommel kwam ontving tante Jans hem met lachend gezicht, zij wreef de handen en zette dadelijk de koekjes neer. Zij ging tegenover hem zitten en vertelde haastig het nieuws. Ruim acht jaren hadden zij gewacht, hij en ook zij, nu konden zij eindelijk hun vervulling zien. Marie had trouw haar plicht gedaan, al die tijd alleen in dat holle huis met de mevrouw op bed, en trouw in haar verwachting. Nu was de weduwe gestorven en zij ontslagen. De wijnkoper had haar in huis genomen en zocht een dienst voor haar. Zij had laten vragen of Maarten Rossaart niet van gedachte veranderd was. De tante wilde dat hij nu beslissen zou en hier kwam wonen, zij zou wel zorgen dat hij goed werk kreeg van het dijkbestuur, zij zou met alles helpen. Hij antwoordde dat er immers niets dan schimp zou zijn voor iemand van de broederschap, maar hij had in Friesland een tjalk te koop gezien met een mooie woonroef, als zij daarvoor het geld wilde borgen nam hij het aan. Telkens weer hield zij aan dat het werk aan de dijken meer in zijn aard lag en dat hij hier vrienden had, het schippersbestaan zou ook te moeilijk zijn voor een vrouw die er niet in was opgebracht, maar hij antwoordde dat hij op een vaste plaats, met de onverdraagzaamheid van de buren, niet meer wennen kon. Hij was eenzelvig geworden en Marie moest dat ook weten voor zij besloot. Tante Jans wilde zich bedenken of zij voor een tjalk wel geven kon, het geld was immers onzeker op het water. Zij deed het, onwillig, zij telde hem het geld voor met een bedrukt gezicht, zuchtend dat hij toch nog eens in de stad mocht komen wonen, want zij voelde zich eenzaam worden. Toen hij vertrokken was ging zij naar Gorkum en diezelfde middag schelde zij aan bij de wijnkoper. Hij hoorde haar aan, hij liet dan Marie binnenkomen en vermaande haar geen overijld besluit te nemen, maar nog eenmaal met de pastoor te spreken om goed te weten wat zij deed; als zij trouwde met een man van een ander geloof zou zij haar kerk verliezen, zij zou zich afkeren van wie het naast stonden en voorts zou het jaargeld, haar door de weduwe vermaakt, vervallen. Hij vroeg juffrouw Goedeke wel te bedenken of zij er de hand in kon hebben iemand in het ongeluk te voeren. Spreek zelf maar, zeide zij en Marie antwoordde: Ik heb al acht jaar elke dag de Lieve Vrouw gebeden en ik weet wat haar gezicht zoals ik het dikwijls zie betekent, dat mijn gebed verhoord zal worden en ik zal mijn vreugde en mijn smarten dragen. Denkt mijnheer dat het jaargeld daarin veranderen kan? Ik ben geen kind meer, ik weet wat ik verbeur en waarom ik doe wat ik doen moet. Mijnheer pastoor heeft mij al zo dikwijls gehoord en zo dikwijls getroost, ik mag zijn woorden niet herhalen, maar hij is genadiger dan mevrouw ooit voor mij geweest is. Ik zal naar hem toe gaan omdat u het wil, maar u kan eropaan dat ik morgen met de juffrouw meega.

In de avond, voor zij naar huis keerde, kwam zij in het logement. Zij had afscheid genomen van de pastoor, hij had gezegd dat hij voor haar bidden zou en hij had haar een rozenkrans gegeven.

Juffrouw Goedeke vond haar met haar mandje op de wal voor de vroege schuit, haar ogen waren rood en zij moest ze nog dikwijls drogen. De dagen van het wachten waren guur van wind en gestadige regen, maar in augustus, toen de hemel klaarde met volle blanke wolken, werd het drukkend warm. Juffrouw Goedeke, altijd alleen met breiwerk voor de bedeling, was in die tijd gewend geraakt aan een stem in de kamer; soms zuchtte zij of Maarten toch wijzer wilde zijn en in de stad kwam wonen.

Onder een onweer, terwijl zij zwijgend zaten, angstig met de handen telkens voor de ogen, werd er gescheld. Juffrouw Goedeke wees in het spionnetje: Daar is hij. Marie rees, zij maakte een kruis, hoewel zij het meestal naliet. Bij het openen van de voordeur zagen zij hem, in de regen die kletterde op de stoep, groot en nat. Hij lachte toen hij beiden de hand gaf, maar hij zeide niets en zwijgend liet hij hen begaan om hem af te drogen. Ook in de kamer bleef hij stil, soms even de ogen naar haar opslaand, en antwoordde kort op de vragen van de tante of hij geen woorden wist. En zij zat in tedere rustigheid, zij hield het hoofd gebogen in een glimlach en telkens bij het bliksemlicht zag hij de vurige gloed van haar haren.

Meer dan acht jaar hadden zij aan elkaar gedacht, geen van beiden wist te spreken en zij durfden elkaar niet aan te zien. Eerst toen de kaars werd opgestoken noemde zij zijn naam en haar ogen gingen voor hem open.

Bij het avondbrood vroeg tante Jans of hij niet anders besloten had en liever werk deed aan de rivier, het was toch op een schip bij regen en ontij geen leven voor een vrouw. Voor mensen die aan mekaar genoeg hebben, zei hij, is er niets beter dan een roef. Toen zij gingen kijken lag de tjalk Vertrouwen glimmend in de zon, nieuw geteerd, helder rood en groen aan vooren achtersteven, de jongen stond te schrobben. Ook de roef was nieuw geverfd en zindelijk, maar tante Jans noemde verscheiden dingen die ontbraken. En terwijl zij hier stonden vroeg zij wanneer zij onder de geboden zouden gaan. Maarten antwoordde: Zij mag het zeggen, maar als zij mij neemt voor wat ik ben kunnen wij het zonder geboden doen, het is maar een band die dwingen wil wat niet gedwongen kan worden.

Tante Jans zeeg op het bankje neer, stom van schrik. Met tranen klaagde zij: Om godswil, jongen, heb ik jullie daarvoor dan geholpen? Wat zullen ze van mij zeggen dat ik haar heb weggehaald om in de tuchteloosheid te leven. Zij zag hem smekend aan en Marie zeide rustig: Ik ben je vrouw van de dag dat wij samen liepen, laten wij nu wij bij mekaar blijven niet beginnen met anderen aanstoot te geven als wij het helpen kunnen.–Het is goed, antwoordde hij, maar dan dadelijk. Jammer dat de schuit al die tijd niet naar het Noorden kan.

Toen hij zijn papieren gehaald had ging hij varen en hij keerde pas voor de gezette dag terug. Op het stadhuis zeide de klerk hem dat Marie niet de dochter kon zijn van Pieter Gouw, zoals zij in de woonplaats stond ingeschreven, en bij navraag in Bennebroek was gebleken dat haar naam in het register niet voorkwam; hij gaf hem de raad zelf daarheen te gaan om inlichtingen waar de geldige papieren te vinden waren. Wel tante Jans, vroeg hij nadat hij het verteld had, wat denk je? Voor de kerk kan het niet en het stadhuis wil papieren die er niet zijn. Wij hebben lang geduld gehad omdat het voor de mensen niet mocht, wij zijn inschikkelijk geweest om niemand te ergeren, nu zullen wij het maar wagen of het mag voor God.

Marie knikte, maar de tante wilde hem overreden nog te wachten of er misschien een vergissing was, zij bood aan zelf naar Bennebroek te reizen om navraag te doen. Maarten stelde haar gerust dat zij er zelf voor zorgen zouden wanneer zij erlangs kwamen, morgen op de vastgestelde dag zouden zij vertrekken. Zij zuchtte, zij veegde de tranen en zij schudde het hoofd dat zij geen eens een bruiloftsmaal kon geven, om haar dienstbode niet en om haar goede naam. Bedrukt was zij de middag bezig het linnengoed na te zien en in de kelder de voorraden voor de tjalk. Ach kind, zeide zij voor zij naar bed ging, wat ben ik toch begonnen, er rust geen zegen op.

Zij stond aan de wal met haar zondagse sjaal toen de jongen losmaakte en de helder geschrobde plank inhaalde. Aan de overkant dreef een rij van stille onweerswolken en er lag een waas over het groene land. Marie, achter de witgeverfde roef, hield voor het eerst de roerpen vast terwijl het zeil omhoog ging en spande en toen de schuit vlug voortgleed met de koelte, kwam Maarten bij haar staan en legde zijn hand bij de hare om haar te leren hoe zij sturen moest. Voorbij Gorkum varende keken zij naar de stad. Daar is mijn zwarte jeugd gegaan, zeide zij. En hij: Die toren heeft mijn gebeden gehoord. Maar het was om te leren dat jouw God en mijn God een en dezelfde is. De mensen maken het mekaar moeilijk en je moet niet denken dat zij ons nu verder met vrede laten.

Zij legden voor Zwijndrecht aan. Hoewel Rossaart er nimmer over sprak hadden de ouderen onder de broeders al jarenlang geweten van het meisje op wie hij wachtte. Toch verborgen Wuddink en Gees hun teleurstelling niet dat hij een vrouw van de roomsen had genomen, afgodenbidders die de zuivere leer niet konden verstaan. Toen Gees op de tjalk kwam en met Marie praatte zeide zij, wijzend naar het kruisje aan haar hals: Als je dat niet in je ziel hebt zal het je niet helpen of je het van zilver tentoon draagt. Marie antwoordde: Ik heb van mijn man gehoord dat jullie de boodschap van Christus goed verstaan. En Rossaart voegde erbij: Laten wij vrienden blijven en de ogen sluiten voor elkaars tekortkomingen. Wuddink noemde dit een goed woord en verzekerde Marie dat iedere christen welkom was. Maar toen zij aan de grote tafel aan het avondeten zat merkte zij dat alle broeders en zusters naar het kruisje keken of zij niet bij hen hoorde.

Zij konden geen dag verliezen omdat het al druk was in het turfseizoen. Varende op de Noord, naast elkander aan het roer, sprak Marie: Rossaart, wij dienen dezelfde God, maar wij hebben verschillend geleerd te bidden, laten wij het blijven doen ieder op zijn wijze.

Tot de middag was zij bezig in de roef en toen zij hem kwam aflossen en hij binnenging scheen het hem of het er ruimer en lichter was geworden, met het koper en het aardewerk blinkend. De jongen, die met hem samen at, keek door de deur, hij zei: Mijn moeder deed het net zo, het was altijd knap bij ons zolang zij leefde.

Zij voeren door de steden, wachtend voor de sluizen, en dan weer urenlang de weilanden voorbij, er werd soms geen ander woord tussen hen gewisseld dan de vraag wat toren het was, die zij zag, en het antwoord. Marie, gewoon aan een eenzame keuken, een benauwde ziekenkamer, werd blozend van zon en regen. Het duurde niet lang of zij hees het zeil met de jongen samen en het eelt van haar handen werd makkelijk met de roerpen. In een dikke mist op de Zuiderzee, toen haar man en de jongen moesten slapen, stond zij tot donker toe op wacht, turend met de bel in de hand. En in Overijssel, waar zij drie weken ingevroren lagen, keek zij uit of de wind niet veranderde, even verlangend als Rossaart om te varen. Die winter kreeg hij meer te doen niet alleen omdat het koud was, maar in Enkhuizen, in Alkmaar, waar zij kwamen, bestelden de klanten liever bij hem omdat zijn vrouw, die bij het afdragen de krijtstrepen zette, de toegift zo gul maakte dat zij zeker waren niet te weinig te ontvangen. Als de jongen vroeg of het niet te veel was, antwoordde zij: Beter te veel dan te weinig. Zij was een goede schippersvrouw geworden omdat haar man schipper was. En daar Rossaart het verdiende geld op de tafel liet liggen, bewaarde zij het en zij was het ook die in de zomer Wuddink het overschot afdroeg, meer dan het vorig jaar.

Maar hoewel zij een kind verwachtte, vroeg zij Rossaart niet op Zwijndrecht te blijven, want zij voelde zich onder de broederschap niet thuis. En toen zij voeren sprak zij haar gedachte uit: het zou haar ongeluk zijn als het kind niet gedoopt werd zoals zijzelf en de broeders zouden dat maar met schimp aanzien. Rossaart stemde toe, zeggend dat de wijze er niet toe deed, of rooms of hervormd of gereformeerd naar de nieuwe leer, als een kind maar als christen de wereld inging. Met turf hoog geladen zouden zij de Zuiderzee oversteken om de geboorte af te wachten, maar in Kuindert voor het vertrek werd de jongen ziek en moest op zijn slaapplaats in het vooronder liggen. Toen de wind goed zat besloten zij toch te varen. Na een half uur wakkerde de wind zo zeer dat Rossaart de zwaarden moest verleggen. Het werd erger, de schuit stootte hard op de korte golven. Ter hoogte van Schokland begon er zo veel water over te slaan dat hij het zeil moest strijken. Marie, die het roer hield, merkte toen dat het te hard voor haar krachten trok, maar zij spande zich in en zij hield vast. De gierende wind sloeg een hagelbui neer, de fok kreunde onder de vlagen. Zij hoorden de jongen roepen en toen Rossaart ging kijken zag hij, dat er water inkwam. Hij moest nu zelf het roer houden, daarom klom zij af en spijkerde vierdubbel zeildoek voor het lek. Wankelend kwam zij terug, zich met moeite vasthoudend aan de touwen en zij vroeg Rossaart de naaste haven te zoeken want zij voelde zich te zwak om verder te helpen. Er was geen land te zien, maar hij zette de boeg in de richting van Kampen. Hoewel hij toen de volle wind had maakte het woelende water het roer zo weerbarstig dat hij het met moeite hield. Zij stond naast hem, met bleke lippen, en hielp. Eerst toen zij voor de IJssel kwamen zeide zij dat de kracht haar begaf en ging zij binnen de roef. Rossaart bracht de tjalk alleen voor de stad en zodra hij in een hevige hagelbui erin geslaagd was vast te leggen, ging hij naar de bruggewachter, en die zond zijn vrouw haastig naar de schuit en liet nog een andere halen. Die dag voor Sint-Jan, terwijl Rossaart in het vooronder bezig was te timmeren, werd hun zoon geboren. Toen hij het kind kwam zien baden zij samen en de twee vrouwen vielen met het amen in. Daar zij te laat waren met het leveren van de turf drong Marie aan op de maandag te vertrekken. Voor de avond kwam er een priester die het kind doopte en Rossaart vond een knecht bereid mee naar de overkant te varen.

Drie maanden later, toen zij weer voor Kampen lagen, kwam er een diender op de tjalk zeggen dat hij met zijn vrouw in Zwolle voor het gerecht moest verschijnen. Zij vervolgden de reis over Zwolle en daar wachtten zij tot de gestelde dag. De rechter vroeg waarom hij het kind niet aangegeven had. Op de verontschuldiging dat zij weer varen moesten werd hem streng geantwoord dat hij beboet zou worden. Toen de rechter naar het trouwbriefje vroeg en hoorde dat zij het nog niet hadden kunnen krijgen, zeide hij dat Rossaart dan de vader niet was, maar niettemin beboet zou worden, zijnde de eigenaar van de tjalk waar het kind geboren was. Neen, mijnheer, antwoordde hij, de tjalk hoort van de broederschap. De rechter besloot dan de vrouwen op te roepen, die op de schuit waren tijdens de geboorte, en hen te beboeten, en Rossaart en zijn vrouw wees hij de deur.

De wereld is kwaad geordend, zei Rossaart, dat de vrouwen die geholpen hebben daarvoor gestraft worden. – Dat zullen wij betalen, antwoordde zij, het kind is nog te klein voor schulden. Straks als wij varen denken wij er niet meer aan.

Zij voeren zomer en winter tussen Holland en het Noorden en maakten goede winst voor de broederschap.

IX

Zij waren er bijna een jaar niet geweest toen zij in de zomer voor de wal kwamen en er veel veranderd vonden, Wuddink gestorven, twee gezinnen met ruzie weggegaan, een der vrienden wegens belediging van het gerecht veroordeeld. En Hogerzeijl, de vroomste, die al veertien jaar bij de broederschap leefde, vervallen en malende geworden; hij zat te suffen in zijn hoekje en wanneer iemand bij hem bleef staan deed hij altijd dezelfde vraag: Heer Jezus, is het morgen de beloofde dag? Alleen aan het eten stond hij op om de anderen te bedienen en zij lieten hem begaan hoewel hij zo langzaam was dat menigeen ongeduldig werd.

Maar ook in de geest vond Rossaart veel veranderd, het onderling vertrouwen en de eendracht verstoord. Er vielen korzelige woorden van verwijt en ongenoegen, zelfs de zachtzinnigsten spraken op korte toon. Het scheen of de onrust, in de steden al het vorig najaar begonnen, ook tot hier was uitgespreid, ontevredenheid en verzet. Wie klaagde er niet onder de armen. De soldaten stonden nog altijd onder de wapens, ofschoon de oorlog lang gedaan was, die kostwinners hadden kunnen zijn; duur slecht brood waar veel over gepraat werd, schaarste aan aardappelen, waar de boeren geen schuld aan hadden. Er waren er velen die de huur niet konden betalen, die dakloos werden en langs de wegen zwierven met hongerige kinderen; velen die onbeschoft werden tegen hun meerderen, dreigden en scholden dat er een eind moest komen aan het gebrek. Dan liet de overheid soldaten komen, denkend aan oproer. En ook voor menige kerk zag men soldaten op de zondag want er heerste heftige verdeeldheid in heel het land benoorden de Maas. Predikanten scholden elkander van de kansel of in schotschriften voor scheurmakers, farizeeërs of voor lasteraars, Baälsdienaars, de haat was groot onder christenleraars, zo groot dat menigeen zijn troost zocht door de Bijbel te lezen zonder ter kerk te gaan en aan zaken dacht nuttiger voor het land dan verdeeldheid. Het woord revolutie werd vaak genoemd, maar niet onder de geringen, die slechts morden over de duurte en de lonen.

Bij de broederschap heerste nu geen gebrek, er werd genoeg verdiend voor voedsel, beter en ruimer dan voorheen, geen enkele die niet deugdelijk gekleed ging, er werd nog geld overgehouden. Toch was er een prikkelbaarheid die er in de dagen van ontbering niet geweest was, onenigheid, gekibbel, verzet tegen de gestelde regelen. Er werden nog wel zwavelstokken gemaakt, maar de meeste winst kwam uit de bereiding van chocolade in verscheidenheid, van de minste soort voor de snoepwinkels tot de fijnste in allerlei verpakking met het wapen van Zeeland op het papier gedrukt. Zij hadden veel klanten, men zag de pakjes in iedere stad en ieder dorp en zij hadden de naam van zuiverheid en echtheid voor de bereiding. Er was op een weiland achter de werf een ruime keet gebouwd, waar twaalf mannen en vrouwen ieder hun eigen werk hadden, van het lezen van de bonen tot het opschrijven van de pakjes, met een bergplaats daarachter. Drie schuiten voeren geregeld uit en met iedere lading ging iemand mee wiens taak het was nieuwe klanten te zoeken.

En dit was een van de redenen van verschil. Wuddink en Gees hadden altijd geleerd dat men niet hoefde te werken voor meer dan genoeg tot het levensonderhoud, want het overtollige onthield men anderen. Seebel, de suikerbakker die de bereiding van chocolade had aangebracht en er in het begin ook geld voor gegeven, en Bijl die zich er het meest op had toegelegd, meenden dat de mens moest werken zoals God hem had geschapen en daarvan ook de vrucht kon plukken, of veel of weinig. Toen zij genoeg verdienden om in het nodige te voorzien wilde Wuddink geen nieuwe klanten, hij zwichtte slechts voor de overreding dat men de oude verliezen kon en dat men dus voor de toekomst moest zorgen, maar Gees, vasthoudend in haar oordeel over hetgeen goed was en wat niet, bleef de uitbreiding van de nering afkeuren. Hoewel zij nu de oudste was en volgens hun wet de meeste stem had, moest zij het aanzien dat er meer gestreefd werd naar het winnen van nieuwe kopers.

Een ander verschil ging over de winkel die Seebel bouwde. Hij had onlangs een kleine som geërfd en in plaats het geld bij dat van de broederschap te leggen, hun vaste wet, wilde hij een suikerbakkerij hebben, van steen gebouwd, en, daar hij immers zelf betaalde, met woonvertrekken voor zijn gezin. Hij vond dat het geen schade deed aan de leer van alle goed gemeen, dat men eigen woning had, zoals toch ook eigen kleding. Gees hield vol dat het onderscheid maakte met voorrecht boven anderen. Zij kon nu wel meer dan vroeger door de vingers zien, zij besefte dat het gemak van een eigen woning het gemeenschappelijk geloof niet deren kon, maar zij voelde dat het beginsel ontwricht werd. En zij kon er niets tegen doen, want nu haar man er niet was ontbrak het woord dat gevolgd werd.

Zij kwam op de tjalk, zij zat in de roef en zij vertelde wat haar bezwaarde. Er was leiding nodig en Rossaart, na haarzelf het langst bij de broederschap, zou met zijn bedaardheid en zijn vaste wil de man zijn naar wie men hoorde. Hij zeide dat hij niet geboren was om voor te gaan alleen al door de regel die hij hield, dat een ieder moest doen naar plicht volgens het geweten. Bovendien voer hij al zo lang dat hij op een vaste plaats niet aarden zou. Maar Gees drong aan zijn eigen belang niet te tellen voor het gevaar dat het verkeerd mocht lopen met de broederschap. Marie erkende ronduit dat zij er geen zin in had samen te wonen met mensen die schimpten op haar geloof, maar als Rossaart meende de anderen te kunnen dienen, zou zij het niet in de weg staan. Zij spraken af dat de tjalk drie maanden van het jaar zou varen. Van de eerste dag voelden zij zich niet thuis. Marie deed ijverig het werk dat haar toegewezen werd, maar zij mengde zich niet in de redetwisten, zij sprak weinig met de anderen, behalve met de vrouw van Bijl, die sedert enige tijd weer 's zondags naar Dordrecht voor de mis voer. Aan het eten zaten zij naast elkaar, zwijgend bij de gesprekken.

Toen Rossaart al dadelijk zijn oordeel moest zeggen over een vraag waarvan hij sinds lang een eenvoudige overtuiging hield, bleek dat Seebel de Schrift nauwkeuriger las dan hij en er scherpzinniger over nadacht. Het was de vraag van de zonde voor de gemeente teruggekeerd. Wuddink had geleerd dat al wie het gebod van de naastenliefde volgde door Jezus was verlost en uit God geboren, zoals de apostel had gezegd. Seebel echter hield zich aan een andere uitspraak, dat weliswaar de oude mens met Jezus gekruisigd was, maar niettemin de zonde in het sterfelijk lichaam woonde, zodat men tegen haar moest waken. Met zijn radde tong liet hij de anderen geen tijd tot overweging of tegenspraak en aan het einde van de maaltijd klonk altijd in zijn stem de toon van de boetprediker. Gees had moeite de ergernis van zich af te zetten, zij voelde dat hij met zijn schrikbeelden het eenvoudig geloof aan de gemeenschap door, in en tot God bedreigde en zij kon tegen zijn vaardigheid niet anders stellen dan: liefde tot God en tot de broeder, dat is alles, man. En Rossaart, met zijn glimlach, knikte, zeggend: Wij hebben al veel over de zonde gepraat, laten wij liever doen wat ons geboden wordt.

Maar de rustige geest waarin zij vroeger leefden, elkander helpend, zonder klacht ontbering en vervolging duldend, was vervlogen. Er waren er die in de kleine gemeenschap geen bevrediging vonden, Seebel omdat zijn verstand de duistere stukken van de Schrift zocht te doorgronden, anderen omdat de afzondering hen drukte, de vrouw van Bijl omdat zij de behoefte aan vertroosting voelde. Eens toen zij van de kerk terugkeerde glansde er een klaarheid op haar gelaat die Marie zonderling ontroerde en een volgende keer ging zij met haar mee. Voortaan hadden die twee een band waar de anderen niet van wisten. Seebel smaalde op hun kerk. Er stond geschreven, zeide hij, dat de mensen één Heer, één geloof, één doop, één God en Vader moesten hebben en dat allen die van de ene kudde dwaalden buiten het verbond en zonder God in de wereld stonden. Bijl zette hem terecht: dat konden de roomsen tegen de hervormden zeggen, de hervormden tegen de afgescheidenen, zoals trouwens iemand van welke gezindte ook dat van hun eigen broederschap kon zeggen. Dan twistten zij weer over de ware kerk en Seebel stelde het tot grondbeginsel dat al wie niet streng aan de letter hield een verdoolde was. De meningen waren nu in scherpe tegenstelling. Breehout, hoewel hij nooit anders dan met afkeer van de paapsen sprak, gaf Alida en Marie gelijk, want in hun kerk waren zij werkelijk schapen geknield in blind geloof, terwijl hij in de kerk, waar hij als jongen moest gaan, niet beter was dan een stom beest dat begrijpen moest in een taal die hij niet eens verstond, hij bekende dat meer dan de helft van de Schrift zogoed als Frans voor hem was, en als hij zich niet vergiste hield welbeschouwd een elk onder hen er zijn eigen geloof op na. En Rossaart verschilde niet veel van hem; de kerk waar hij als jongen geweest was noemde hij er een van woorden zonder daad en van tranen voor hen die God zochten te kennen. Wuddink en Gees, die niet op school geleerd hadden, waren hem betere voorgangers geweest dan een dominee. De gedachte aan een wijdere gemeente dan hun broederschap was bij hen teruggekeerd. Toen er op een dag een predikant van de gereformeerden kwam luisterden zij met aandacht en op de volgende zondag ging Seebel met twee anderen naar de nieuwe kerk om een preek volgens de gezuiverde leer te horen. Vooral onder de broeders en zusters die zich de laatste jaren aangesloten hadden nam het gezag van Seebel toe.

Na drie maanden werd Rossaart onrustig. Hij stelde voor, om de tjalk niet nutteloos te laten liggen, voor de koude intrad nog te varen. Het is hetzelfde niet meer, zeide hij toen zij onder een strak zeil aan het roer stonden, met de welvaart is de kentering gekomen. In de armoede waren wij eensgezind en tevreden, en nu zoeken zij een andere orde, wat kan dat zijn?–Man, antwoordde zij, je weet toch, dat wij vandaag andere behoeften hebben dan gisteren.–Misschien wel, zei hij, als ik dan maar met het water mag zijn, dat is voor mij wat voor jou de kerk is.

Zij hadden hun kind achtergelaten omdat hij eens overboord was gevallen en Marie de angst niet verdragen kon wanneer hij speelde en sprong op de tjalk. Toch verzette zij zich niet toen haar man, nadat de maand om was, nog een paar keer turf wilde halen, want zij zag dat hij zijn rustigheid terug had. Zij zeide dat hun nu niets ontbrak dan alleen het kind en dat zij gelukkiger zouden zijn als schipper. Maar voor het begon te vriezen moesten zij terug.

Er was een man van de belasting geweest, die gevraagd had wie de eigenaar van grond en gebouwen was. De vroegere eigenaar, de scheepmaker, had een brief geschreven als bewijs dat de broederschap de werf gekocht had, maar de belasting kon de broederschap niet volgens de wet erkennen. Om moeilijkheden te voorkomen hadden Gees en Seebel door de notaris laten beschrijven dat zij te zamen met Rossaart de eigenaars waren. Rossaart wilde zelfs niet in naam eigenaar zijn. Gees kwam bij hem in de roef en legde hem uit waarom zij zo gehandeld had, in het kort omdat zij hem vertrouwde en de ander niet. Hij berustte erin, maar eiste dat mettertijd zijn naam weer geschrapt zou worden.

Er was nu, na de zonde en na de kerk, een ander onderwerp van redetwist. De vrouw van Breehout had een kind gekregen en zij wilde dat haar man naar het stadhuis zou gaan om het bekend te maken, zoals men met fatsoenlijke kinderen deed. Breehout weigerde, hij had een andere gedachte van fatsoen dan die door de wereld was vastgesteld. De meesten trokken partij voor haar. Men zag bij de broederschap hoe de kinderen zelf onderscheid maakten, want zij wisten wie van hen een achternaam had, wie niet, en die er wel een hadden vonden het een eer boven de anderen. Bijl meende dat men niet het recht had zijn kind buiten de geordende wereld te zetten, zoals een schooier. Ofschoon zij wisten dat hijzelf een kind niet minder achtte als het niet naar de wet was ingeschreven, voelden Gees en Marie het als een smaad en er vielen harde woorden. Seebel sprak met gezag over het fatsoen, de goede christelijke zede waaraan iedereen, onverschillig van wat gezindte, zich te houden had; de wet had volgens hem gelijk door te verordineren dat een huwelijk niet naar de goede zede gesloten, geen huwelijk was en dat dus de kinderen onzedelijk geboren waren. Gees en Marie huilend van verontwaardiging, vroegen wat er van hun beginselen geworden was, mensen die spraken zoals Bijl en Seebel hoorden bij de broederschap niet thuis. De twisten rezen opnieuw bij elke maaltijd. Toen ook Alida gezegd had dat er verschil was, hoe men ook over fatsoen mocht denken, tussen een getrouwde vrouw en een die niet naar stadhuis of kerk geweest was, zweeg Marie en mengde er zich niet meer in.

Maar zij sprak met Rossaart: Als er in hun kleine wereld al zo geoordeeld werd, hoe moest het dan in de grote zijn? Zij en hij hoefden zich daar niet aan te storen, maar aan hun kind waren zij verplicht, het moeiten en schimp te sparen. Zij vroeg hem zodra zij weer voeren naar Bennebroek te gaan om te onderzoeken hoe zij op het stadhuis moesten trouwen. Ik heb er niet tegen, antwoordde hij, al keren wij zo langzamerhand terug naar de wereld die wij vroeger verkeerd noemden, als de geest maar gezond blijft.

Maar de broedergeest verkilde. Seebel las in de Schrift, zoekende wat er over het huwelijk geschreven stond, en hij bleef ervan spreken dag na dag of er ook allengs minder naar geluisterd werd. Marie sprak met niemand dan met de kinderen, zij ging 's zondags een veerschouw vroeger dan Alida naar de kerk. Het scheen of Gees, die dikwijls over zorgen en vermoeidheid klaagde, onverschillig werd hoe de anderen dachten. Ros-

saart zeide dat het werk met de chocolade niet naar zijn handen
stond, er was trouwens voor het herstel van de schuiten en de
tjalk genoeg voor hem te doen, hij was daar alleen en wanneer
hij op de etensbel in de keet kwam wist hij niet waarover gesproken werd.

De onenigheid nam toe nadat op een avond Rossaart gezegd had
dat er beslist moest worden over het plan van Blommert, Breehout en drie anderen om in Amerika een gemeente te stichten.
Er was geld in de trommel en hij vond dat zij recht hadden op
een deel ervan als zij vertrekken wilden. Seebel en Bijl zouden
toegestemd hebben als Breehout niet bovendien zijn deel aan de
grond en de keten had opgeëist. Van nu aan werden de gesprekken heftig over het eigendom. Seebel zat breed op de bank, oordelend gelijk de apostel. Gees hield vast aan het voorbeeld van
de menigte der gelovigen waarvan niemand zeide dat iets zijn
eigen was. De mannen die zich wilden afscheiden echter wezen
dat er ook geschreven stond dat een ieder kreeg wat hij nodig
had. De suikerbakker besliste dat men zonder goederen niet bestaan kon en dat er niet verdeeld kon worden zonder de broederschap op te heffen. Maar als er verdeeld werd moest men wel
berekenen dat een ieder zou ontvangen naar hij had ingelegd.
Breehout en Blommert hadden geen cent aangebracht.

Wekenlang duurden de twisten, soms verflauwend, soms feller opstekend, en ook wanneer er over andere dingen in de raad
gesproken werd raakten zij weer verward in hun onenigheid
over het bezit. Gees en Seebel bleven zich verzetten tegen de
stem van Rossaart.

In januari, toen het zo koud was dat de vrouwen uit de werkplaats liepen om zich in de keuken te warmen, kwam er van het
stadhuis een man met een briefje. Gees nam het en las dat het
nieuwgebouwde stenen winkelhuis, met vier stookplaatsen, het
eigendom van Seebel was. Hij vond het 's avonds naast zijn
bord en na het gebed sprak zij hem toe met de naam Ananias.
Rood van drift verdedigde hij zich dat zijn zaak rechtvaardiger
was dan van de man die de Heilige Geest bedroog, want hij had
van het begin gezegd dat hij van zijn geërfde geld een huis voor
zichzelf zou bouwen. Zo hadden de anderen het niet verstaan,
maar dat was zijn schuld niet. Blommert noemde het woord
veinzerij en de anderen zwegen daartoe. Maar Rossaart vond in
het geval gelegenheid om te zeggen dat, nu een van de broeders

eigen goederen bezat, er geen reden was hun, die weg wilden, hun zin niet te laten hebben en hun deel te geven. Het duurde nog lang eer Seebel toegaf, tot hij eindelijk een voorstel deed. Er werd gehandeld. Seebel betaalde een som en werd voor een groter gedeelte eigenaar van de grond. Niet Rossaarts naam stond nu in de brief van de notaris, maar die van Bijl.

Toen zij naar Dordrecht voeren om na te vragen naar het schip, zeide Blommert: Bijna zeven jaar hebben wij moeten wachten en dat het er nu van komen kan hebben wij aan jou te danken, want volgens de wereld beschouwd heb jij betaald. Nu kan je zelf zien hoe de broederschap verlopen is, daarvoor hebben wij in het gevang gezeten en sommigen zijn in het ergste gebrek gestorven. Die slimmerd gaat nog op de geldzak zitten en die hebben wij voor hem gemaakt met de leer van Jezus. Wees verstandig, Maarten, kom mee naar een land waar geen bedrog is, waar alles van nieuw aan gebouwd moet worden. Hier kan een broederschap zoals wij willen niet bestaan.

Het is je eigen land, antwoordde hij, wat je hier achterlaat dat vind je nergens. Niemand die het wel meent zal tegenspreken dat het hier een lelijke boel is, een stal zo vuil of er nooit opgeruimd kan worden. Maar wij zijn er geboren. Al is het er nog zo vuil van leugen en bedrog, hier moeten wij zijn, hier hebben wij onze hoop dat het eens waardig zal zijn voor hem die ons verlost heeft. Er is veel modder hier, maar ook veel water om het weer af te wassen. Rechters, en die boven ons gesteld zijn, en de burgers die wij van de wereld noemen, zijn maar zwak vlees zoals wij, en er moeten nu eenmaal mensen zijn die lijden voor het geloof. Dat hebben wij zelf gekozen. Wat wij doen dat dragen anderen verder en het kan lang duren, maar die na ons komen zullen hier in dit eigen land de menigte zien één van hart en ziel. Daar hebben wij aan meegewerkt met al onze gebreken en ook onze vaders met al hun gebreken, en daarom is het ons vaderland. Ik hoop alles goeds voor je daarginds, maar kijk niet neer op je vrienden hier. – Man, God zegen je goed geloof, was het antwoord.

Toen het schip vertrekken zou bracht Rossaart ze met de tjalk erheen, vier gezinnen met de kinderen en de pakken. Het water woelde onder de frisse wind en de vlag stond strak. Op de kaden drong een menigte, wuivend met doeken, en toen de zeilen losgingen en de matrozen hoera riepen, zagen zij de vrienden over de verschansing, luid mederoepend.

Hij deed maar of hij het zich niet aantrok, zei Gees, maar vanmorgen nog vroeg hij mij die prent van de Merwede om daarginds nog iets van ons land te zien.

Hoewel er in de loop der jaren vele broeders waren heengegaan, merkten zij de verandering en de stilte, of het de ouderen waren die achterbleven en de jongeren die uitvlogen naar een nieuw leven. Rossaart sprak erover voor de zomer weer te gaan varen. Gees werd prikkelbaar en vitachtig, zij bekende dat het zeker kwam omdat zij niet jong meer was. Haar dochter, net zestien jaar, gaf ergernis in het dorp en Seebel zeide dat het kind te los was grootgebracht.

Het was toen een beuzeling die de broederschap, waaraan mensen van goede wil een groot deel van hun leven gaven, verbrak en vallen deed. Op een morgen kwam de veldwachter met een bevel dat de eigenaars van de werf voor de burgemeester moesten verschijnen, hij sprak hen bars toe als mensen buiten de wet. Gees, in een kwade luim, begon te schelden dat hij zelf gespuis was, dat het zwaard droeg voor de onrechtvaardigen. De man greep haar ruw bij de arm om haar mee te nemen, maar Rossaart stond op, naderde en zeide: Laat los die vrouw. De veldwachter duwde hem terug. Het werd een klein handgemeen, maar de veldwachter viel. Hij stond op en hij ging, hij keerde een uur later terug met twee dienders.

Het was een dag dat Rossaart, die de vrienden wel eens onverschillig noemden, de bitterheid kende. Toen hij voor de burgemeester stond zeide hij: Mijnheer heeft de stok om de hond te slaan makkelijk gevonden, als het geen landloperij of wanbetaling van de belasting kon zijn, dan maar verzet tegen het gezag.
–Je hebt het geraden, kreeg hij ten antwoord, Zwijndrecht is een fatsoenlijk dorp, wij willen hier geen oproerig en onzedelijk tuig.

Gees werd veroordeeld tot één, Rossaart tot twee jaar. Het was een vroege herfst, de bomen aan de vaart stonden voor het einde van september kaal toen hij geboeid naar Leiden werd gebracht.

X

Het was met de broederschap slecht gevaren. Gees Baars had, toen zij uit de gevangenis kwam, zwak en vervallen, gedwee gedaan wat Seebel en Bijl van haar verlangden, zij had een som gelds van hen gekregen voor haar deel en zij was naar Haarlem gegaan om haar dochter te zoeken; daar had zij zich met hulp van vrienden in een hofje ingekocht. Er waren er weinig overgebleven en die werkten nu voor loon. Seebel en Bijl zochten een weg hoe zij zonder nadeel van elkander konden scheiden.

Het laatste jaar dat Marie op haar man moest wachten werd haar het leven bitter gemaakt. In heel het land begon men zich weer feller te keren tegen al wat rooms was, op sommige plaatsen werden de ruiten van kerken vernield en de deuren van huizen, waar roomsen woonden, met verf besmeerd. Een bakker wilde niet aan roomse klanten verkopen en het kwam voor dat een arts niet bij een zieke wilde komen alleen om het geloof. Van de twee vrouwen die in de kleine wereld van Zwijndrecht tot die kerk behoorden, had Marie, zonder steun van haar man, het meest te verduren. Zij kreeg het grofste werk te doen en zij werd zo geplaagd en gescholden, altijd om het kruisje dat zij bleef dragen, dat zij weggegaan zou zijn als zij voor haar kind het brood had kunnen verdienen. Juffrouw Goedeke had laten weten dat zij door de slechte tijd niet helpen kon, zij kende niemand anders. Dus deed zij haar werk, zwijgend, en ontving haar loon en hield zich met Jantje afgezonderd in de schuur die haar was toegewezen.

Op een namiddag van de kermisweek keerde Rossaart terug, er gingen vele bootjes over het water met mensen die stadwaarts voeren. Zijn tjalk lag niet voor de werf, alleen de oudste schuit, die eruitzag of zij lang niet gebruikt was. Een man, die hij niet kende, zeide dat bijna iedereen naar stad was en dat hij Marie wel in de schuur zou vinden. Zij zat er alleen met naaigoed in de deur en toen zij opstond en zijn hand nam zag hij haar kommerlijk voorkomen of zij op het ziekbed had gelegen. Terwijl zij koffie voor hem zette zeide zij dat hij hier zijn onderdak had, want men at niet meer samen in de keet, maar elk zorgde voor zijn eigen pot. Van het loon dat zij verdiende moest zij al wat zij nodig had in de winkel van Bijl kopen. Zij zaten zwijgend samen, zij wilde hem niets vragen en hij dacht na hoe alles hier veranderd was. Wij gaan weer varen, zei hij eindelijk. – Zij zuchtte en er kwamen tranen in haar ogen: Dat had ik van je verwacht, ik kan hier niet blijven, behandeld als de rotte appel, als ze niet geweten hadden dat je terug zou komen hadden ze me al weggejaagd. Rossaart ging naar de winkel en wachtte tot Seebel thuiskwam. Hij vroeg hem wanneer de tjalk terug zou zijn, hij wilde ermee varen. Wij hadden geen tjalk meer nodig, was het antwoord, toen hebben wij hem maar verkocht, het heeft haast niets opgebracht, maar als Bijl er niet tegen heeft zullen wij je er je deel van geven. Je kan ook met de schuit varen, die is wat kleiner. – Verstand van schuiten heb je niet, zeide hij, anders zou je niet denken dat iemand daar met zijn gezin op wonen kan.

Nadat hij de schuit onderzocht had trok hij haar met een paar man op de wal en hij was twee weken bezig met herstellen; hout, spijkers, verf gaf Seebel hem in ruil voor zijn aandeel in de tjalk. Rossaart begreep hoe onbillijk er gerekend werd, maar hij hield niet van woorden die niet baten konden en hij had een schuit nodig, geen geld. Hij timmerde een roef, smal, maar lang genoeg voor slaapplaats, met twee ruitjes ter wederzij, en hoewel de ruimte voor lading erdoor verminderd was, had Marie nu tenminste een betere woning dan in de schuur. Zij vroeg hem de naam van de andere, Vertrouwen, erop te schilderen, want als men dat had telde het niet of men zich behelpen moest.

Toen de schuit te water lag, gereed voor vertrek, keken zij rond naar de werf, zij zwegen en wisten beiden wat er geëindigd en verloren was. Voor haarzelf had zij van de eerste dag geen vriendschap hier verwacht, zij had alleen geloofd dat er voor hem geluk zou zijn. Voor hem was de werf een lege plek, verlaten van de geest die er eens gewoond had; de goede broeders waren heengegaan, de zwakke teruggekeerd tot de zwakke, maar de geest woonde ergens anders. Hij vroeg haar of zij mee had gewild naar het andere land en zij zeide: Neen, als wij varen zal God ook hier wel voor ons zorgen.

Zij zouden de weg van Waal en IJssel noordwaarts gaan, omdat de schuit te zwak scheen voor de zee, maar voor het vertrek vroeg een der vrouwen, die er nog werkten, haar en haar kind mee te nemen naar de Zaan, zij had voor de beurtman geen geld. Toen zij afzetten en Rossaart de broederschap verliet riepen twee kinderen goeiendag.

Het bleek dat zij met de stille zee konden oversteken en tot het begin van de winter ook voeren zij voorspoedig heen en weer. Hij kon sterkere planken kopen en veel verbeteren, maar wanneer de schuit zo diep lag dat het kind zijn hand in het water kon houden, zag hij wel dat het spoedig gevaarlijk zou zijn. Toen de koude oostenwind begon te waaien en de turfvaart meer winst zou geven, moesten zij stilliggen op de IJssel. Na drie weken dreigde er gebrek aan brood. Hij nam een vracht aan binnendoor voor Amsterdam, maar met sluizen, bruggen, kaaigeld en de lange vaart loonde het niet, de verdienste gaf geen brood van het een tot het ander eind. Het werd, zonder dat het kind het merken kon, tussen hen beiden een spel wie de ander de laatste brokken kon laten. De een zag van de ander de onverzadigdheid. Toen hij gewaarwerd hoe zij vermagerde, besloot hij naar Bommel te varen om geld te lenen voor een groter schip.

In geen drie jaar had hij tante Jans gezien. Zij stond niet op van haar stoel, zij keek hem met grote lege ogen aan en hij moest herhalen wat hij gezegd had tot hij begreep dat zij niet goed meer hoorde. Toen hij verteld had van het gebrek en het geld gevraagd, terug te betalen zoals hij met de tjalk gedaan had, zweeg zij en keek neer. Zij gaf redenen op te veel om waar te zijn: het ging de boeren slecht, zij betaalden de pachten niet; het schilderwerk van haar huis had zoveel gekost; een schip gaf geen zekerheid, als het zonk was het verloren; zij wilde niet verwijten, maar hij mocht zelf zeggen of men iemand, die in de gevangenis geweest was, nog wel vertrouwen kon. Ik heb je gezegd dat er honger is, zeide hij, en je antwoordt zo. Ik heb je in mijn hart voor wat je van kleins af voor mij gedaan hebt, maar de laatste herinnering is niet vrolijk. – Toen hij bij de deur was riep zij hem terug, zij was bewogen en richtte zich bevend op in haar stoel: Maarten, je begrijpt mij niet en ik kan het je toch niet zeggen. Maar als je geld moet hebben, ga dan naar Gorkum, je vader is gestorven, hij heeft wat nagelaten. – Amechtig stond zij op, zij belde de meid en liet ham en meel, gort en bonen uit de kelder halen, zij keek Maarten met tedere

ogen aan. Bij het afscheid vroeg zij hem gauw terug te komen,
zij werd zo suf in de eenzaamheid. Hij voer naar Woudrichem,
waar hij vastlegde, en hij stak alleen over met het veer. Op de
bank aan de wal herkende hij Aker naast een andere oude man.
Ben jij het, zei hij, dat is goed, en hij strekte de hand uit, maar
trok die snel terug: 't Is waar ook, jij bent die godverlaten zoon,
reddeloos verworpen. Ga maar gauw weer weg.

 Het was een korte afstand naar de Appeldijk, maar waar hij
ging verschenen er aangezichten achter de ruiten. Aan het huis
waar hij geboren was trok hij aan de schel. Een magere vrouw
opende de deur, zij herkenden elkander niet, maar hij begreep
dat het zijn zuster moest zijn en hij noemde haar naam. Wel,
vroeg zij toen ook zij begreep, en wat wil je hier? Het geld kan
je bij Barend halen, maar hier wordt aan gespuis niet gegeven.
– En de deur sloeg toe.

 Hij bleef aarzelend staan. Maar toen hij merkte dat de vis-
vrouwen naar hem keken, liep hij voort en voorbij de brug
vroeg hij een vrouw, die in de deur stond, waar Rossaart woonde. Juffrouw Rossaart, van drie kleine kinderen omringd, liet
hem in de kamer, zij wees hem een stoel en toen zij gezegd had
dat haar man wel dadelijk zou komen, bleef zij hem aankijken.
Wat had je eigenlijk gedaan, vroeg zij, om in de gevangenis te
komen? toch niet gestolen? Je hebt er ons veel schade mee gedaan, het heeft het einde van je vader verhaast en wij moeten er
nog altijd over horen, zelfs van de beste vrienden. Dat je het
goddelijk woord zo belasteren kon. – Daar hij niet antwoordde
zweeg ook zij en veegde hier en daar wat stof weg terwijl de
kinderen, naar hem kijkend, zich dicht bij haar hielden. Het
was koud in de kamer. Barend trad binnen, groot en zwaar, hij
stond stil met gefronst voorhoofd toen hij hem zag. Je komt
zeker om het geld, zei hij, als je naar de notaris gaat kan je het
krijgen. Maar nu je toch hier bent zal ik je zeggen wat wij van
je denken. Je hebt altijd je eigen weg willen gaan, buiten alle
heilige instellingen, en het was te verwachten dat je verkeerd
zou gaan want de hovaardige die zijn eigen weg zoekt komt altijd in de verdoling. Maar dat moest je zelf weten, ik ben je
hoeder niet. Je wou je toen afgeven met een paapse, de aarts-
vijand van de zuivere leer, en toen je dat niet lukte heb je fatsoen
en christenzede de rug toe gedraaid, zodoende je brood verloren, en je bent gaan zwerven, leven van de aalmoezen die barm-

hartigen, ook wel gekken, jullie van de zogenaamde nieuwe leer nog geven wilden, je hebt ontucht gepleegd en eindelijk heeft je levenswandel je in de gevangenis gebracht. Dat je nooit tot de uitverkorenen zou behoren, dat wisten we al toen je nog op de school zat, je hebt altijd het verderf gewild. Maar je hebt ook schande gebracht over vader, over je broers die er hun kruis voor moeten dragen. Het ergste was het voor vader, je bent de doorn in zijn hart geweest, hij heeft voor de kerkeraad bedankt en de straf die de Heer hem zond was nog zijn laatste gedachte. Wat je hem en ons misdaan hebt, dat zal ik je niet vergelden, dat zal geen mens, maar er komt een tijd dat je de goddelijke gerechtigheid leert kennen en de Heer zij je dan genadig.

Met een rood gezicht stond hij en wachtte wat Maarten zou zeggen. Maarten bleef onbewegelijk zitten, met de kin in de hand, of hij nog luisterde. Hij bleef zwijgen. Barend werd ongeduldig, hij vroeg: Wat heb je nu te zeggen? Waar wacht je nu nog op? – Hij bewoog niet, hij zweeg. Toen sloeg de broeder op de tafel en zeide: Daar is de deur, ga waar je hoort en kom hier nooit weer binnen. – Hij stond op, hij keek Barend aan en ging zwijgend.

Hij kwam bij de notaris, die hem, hoewel hij er niet om vroeg, terstond uit een geschrift het bedrag van het erfdeel voorlas, als hij een bewijs van ontvangst meebracht kon hij het morgen krijgen. Rossaart zeide dat hij wilde weten of hij evenveel geërfd had als de broers en de zuster. De notaris antwoordde niet anders dan: minder.

In de Hoogstraat ontmoette hij zijn broeder Hendrikus en de jongste, Wouter, die hij in geen twintig jaar had gezien. Er stonden mensen stil om naar hen te kijken, een lange blonde schipper zonder muts en twee bekende burgers. Hendrikus zeide dat zij haast hadden, maar zij moesten hem spreken en hij vroeg hem morgen bij hem thuis te komen. Maarten glimlachte en knikte en zij gingen verder.

Wij moeten met de oude schuit blijven varen, zeide hij toen hij terugkeerde, morgen ga ik nog horen wat de anderen te zeggen hebben en dan varen wij weer.

Aan het avondbrood zat hij in gedachten, starend in het licht van de kaars, en Marie vroeg niets. De schuit wiegelde licht met gekraak in het hout. In de nacht, bemerkend dat hij onrustig was, hield zij zijn hand. Bid voor mij, zeide hij, ik begin te twijfelen aan de mensen.

Er hing een dunne mist over de rivier toen hij weer naar de stad voer, de schim van de toren stond vaag boven de lage huizen. Hij dacht aan zijn kinderjaren toen het was of de stad altijd in de mist lag en zelden in de zonneschijn, hij herinnerde zich maar één licht seizoen, dat kort geduurd had.

Toen het geld hem was uitbetaald liep hij naar het weeshuis, waar hij om de vader vroeg. De man keek hem achterdochtig aan, maar Rossaart telde dadelijk de helft van het geld op de tafel uit, zeggend dat het naar de geest van wijlen zijn vader bestemd was voor de kinderen die weerloos in de wereld stonden. Hij wilde geen dank, want het kwam niet van hem. Daarna ging hij naar het diaconie-armhuis waar hij op dezelfde wijze de andere helft neerlegde. Binnen een uur was het geschied, en hij had in zijn beurs nog dezelfde stuiver voor het veergeld terug.

Bij zijn broer Hendrikus, die met zijn vrouw zat te wachten, vond hij een behagelijke kamer met nieuwerwetse meubelen van glimmend mahoniehout, een canapé met kanten doekjes en aan de wand het portret van de koning met zijn gezin en twee grote jachttaferelen. Hendrikus scheen beter gesteld te zijn dan de oudste broer, hoewel hij maar ondergeschikte was bij de waterstaat. Terwijl zijn vrouw koffie schonk maakte hij grapjes over Maartens voorkomen en de malle gewoonte om zonder hoed of muts te gaan. Daarna begon hij met de zaak waarover hij spreken wilde. Hun vader had een kleine landhoeve even buiten de stad nagelaten en de pacht was sedert twee jaar niet betaald. Hij en Wouter, die het verlies niet konden dragen, wilden een andere pachter, maar Barend weigerde de oude boer op te zeggen, alleen omdat hij er al zo lang zat, zoals hij zeide, hoewel er wel andere redenen zouden zijn. Hij rekende Maarten voor wat hij er bij winnen kon als hij hun zijde koos; de andere man, die de pacht wilde nemen, was voor een hogere som bereid. En waar zal de oude boer zijn brood dan vinden? vroeg Maarten, een man in de nood brengen om zelf wat guldens meer te hebben? Ik dacht dat je beter had geleerd wat christenplicht is. Als ik het geweten had was ik daarvoor niet gekomen.

Het is ook niet het enige, antwoordde zijn broer, ik wil ook eens met je praten en je welgemeende raad geven. Wij hebben genoeg gehoord van dat volk waar je je mee afgeeft, dat het niet allemaal uitschot is. Er zijn fatsoenlijke mensen bij, die ontevreden waren met de kerk en zich hebben laten inpalmen door warhoofden met zonderlinge gedachten over het mijn en dijn, maar sommigen, die er leergeld voor betaald hebben, zijn van de dwaling teruggekeerd. Er wonen er in Leiden, in Rotterdam, op andere plaatsen, en al hebben ze nog wel rare opvattingen van de godsdienst, zij gedragen zich behoorlijk zoals de wet van iedere burger eist en hebben goed hun brood met een winkel of een ambacht. Leven zoals bij de apostel geschreven staat, alles voor en met elkaar, dat is ziekelijke inbeelding, de mens is zo geschapen dat hij voor zichzelf wil zorgen en als wij dat allemaal deden zouden wij God beter dienen. De gezonde rede zegt je dat je niet alles wat in de bijbel staat letterlijk moet nemen, dan zouden wij geen mensen meer zijn, maar engelen. Er zijn tegenwoordig ook heel wat verlichte personen, vooral onder de gegoede stand, die de wonderen van de bijbel nemen voor wat zij zijn, voorbeelden tot lering van een volk dat nog geen school en wetenschap had. En zo is het ook met de broedergemeente, dat ging goed voor een tijdje, maar het kon niet blijven bestaan omdat er geen rekening werd gehouden met de wereld. Wij hebben een maatschappij van orde en wet, met een overheid ingesteld door het wijs bestuur van de Almacht, en als je daar als ordelievend burger in wonen wilt, dan moet je je ernaar gedragen, gehoorzaam aan de wetten en de zeden. En anders word je eruit gestoten, net als afval, al ben je nog zo oprecht in je denkbeelden. Je moest nu toch verstandig geworden zijn, Maarten. Wat heb je gewonnen met die dweperij? Armoede en de verachting van de burgers van wie je de gelijke had kunnen zijn. En wat kan je verder winnen? Ik heb er gister eens over nagedacht en het beste dat ik je raden kan is dit: Je hebt nu geld in handen, koop daarvan een mooi groot schip en neem een knecht aan, of twee, dan kan je wat overhouden voor de oude dag. Schipper is een eerlijk beroep, al is het maar gering, en zolang je eerlijk je kost verdient zal niemand op je neerzien. En als je een vrouw naast je wilt hebben, wel, trouw dan zoals ieder ander die aanspraak maakt op een goede naam. Leer dit van mij, die al veel beleefd heb: de armoede is het ergste, niet alleen gebrek aan den lijve, maar ook verachting.

Maarten luisterde met gebogen hoofd en gevouwen handen en toen zijn broer een pijp opstak bleef hij zwijgend voor zich zien. Eindelijk sprak hij: Dank je voor je raad, het is goed gemeend. Gisteren dacht ik aan de waarheid van de spreuk: Ga ten huize uws broeders niet op de dag uws tegenspoeds, en vandaag zie ik gelukkig dat die spreuk niet opgaat. Maar onze wegen liggen wijd uiteen. Ik zal wel schipperen op mijn manier en ik hoop dat het je geen aanstoot geeft.

Hij stond op, hij wenste beiden voorspoed en ging. Aan de wal voor de rivier at hij zijn brood en daarna zocht hij de woning van de jongste broer.

Wouter opende zelf de deur. Het was een kleine donkere kamer, het gordijn hing laag voor het venster neer en door de hor was tussen de huizen aan de overkant uitzicht op de verlaten gracht. Als jongen was Wouter de vrolijkste geweest, zorgeloos en speels. In de tijd dat Maarten bij het dijkwerk was, had hij dienst genomen en was als korporaal naar de Oost gegaan, men had zelden van hem gehoord. Op onverschillige wijze vertelde hij hoe hij daarginds in de Javaanse oorlog bevorderd was en het vlug tot kapitein had gebracht, hij had twee medailles en de ridderorde van de koning. Toen had hij bijna een jaar in het hospitaal in donker moeten zitten, maar tevergeefs want het licht van het ene oog was hij kwijt. Hij had pensioen gekregen, nog te jong voor het nietsdoen, en hier was hij aangesteld tot kapitein van de schutterij. Het pensioen was te weinig, zelfs voor een man zonder gezin, zodat hij schulden had. Daarom verwachtte hij dat Maarten hem een deel van zijn erfgeld te leen zou geven, de andere broers wilden niet helpen. Daar hij niet van omwegen hield vroeg hij het dadelijk; toen Maarten antwoordde dat hij het niet had, haalde hij de schouders op, bood een glas jenever aan en schonk, op de weigering, alleen voor zichzelf. Je bent altijd een rare geweest om de armoe te verkiezen boven een goed bestaan. Maar je hebt tenminste iets wat ik je benijd. Wij zijn verkeerd grootgebracht, dat is het, en jij bent de enige die er geen nadeel van gehad hebt, want dat je het arm hebt is het ergste niet. Vader en Tiel en de dominee, met de spoken waar ze onze jeugd mee vergald hebben, dat wij 's nachts lagen te rillen onder de dekens, die hebben ons de angst voor het hele leven ingebracht. De zonde, het vervloekte uitvindsel van een of andere oude misdadiger, werd bij ons in de wieg gelegd, daarmee en met de weeklachten en de afschuw van onszelf, moesten wij de wereld in, zonder enig ander uitzicht dan wening en knersing der tanden, onverschillig of je nog zo je best deed. Zo was het in onze jeugd, zo is het nu nog, ik zie die kleine stakkers hierlangs komen van de catechisatie. En ik moet er nog aan meedoen ook, want als kapitein van de schutterij kan ik niet wegblijven uit de kerk. De dominees hebben ons met hun praten zo in de war gebracht dat wij niet weten wat God is en er zelf naar moeten zoeken. En ik ben de enige niet die er zo over denkt, daar in de Oost onder mijn wapenbroeders was er geen een die aan de wauwelpraat geloofde, al moest je ook dikwijls ter wille van de bevordering doen of je het wel geloofde. Veinzers allemaal onder dominees-heerschappij. Maar dat is nog het ergste niet. Het verschrikkelijke is dat je niet meer weet waar je troost moet zoeken als je de malligheid de deur uitzet. Een God is er, maar hoe en wat? Zie je, Maarten, ik ben niet bang voor welk gevaar ook dat mij van de mensen kan bedreigen, ik heb mijn ridderorde verdiend en met de sabel in de hand durf ik de dood aan te zien. Maar hier in mijn hoofd zit de angst die ik er niet uit kan rukken, dat ik niet weet wat er gebeurt dat ontzettend ogenblik dat het donker wordt. Ik zal het je bekennen: als ik niet meer jenever drink dan goed voor mij is, is dat het enige waar ik aan denk, dag en nacht. Als ik het wil overwinnen en de kurk op de nieuwe kruik laat, dan zit ik hier voor het horretje te suffen, tot die schrik mij weer beklemt: daar staat de dood voor mij, goed, ik geef mij over, er is niets aan te doen. Maar daarna, daarna, om godswil, daarna, wat wordt er van mijn ziel? Dan is het hier in de kamer niet uit te houden, ik verzeker je dat ik, die toch geen kind ben en niet laf, hier met tranen zit. Zal ik naar de dominee gaan, die maar twee dingen voor mij heeft, de hemel, waar weinig kans op is, of de verdoemenis, waar je alleen maar gefolterd wordt, alsof ik hier op aarde niet al geleerd had dat men de pijn wel te boven komt? Neen, man, jenever en vergeten, ik weet er niet anders op. Je kan eropaan, er zijn er heel wat zoals ik, in angst grootgebracht, later met een leeg hart, die zo hun troost zoeken. Had ik jouw geloof maar. Wat het is weet ik niet. Je ziet eruit als een schooier met die kale plunje, maar die vaste lach op je gezicht bewijst dat je meer weet dan ik of de broers, en dat is meer waard dan een goed bestaan met geld op zak en een hoge hoed op zondag. Als je het mij kon geven ging ik met je mee, honderdmaal liever jouw armoe en jouw geloof dan mijn fatsoen met het zwarte niets voor ogen. Kon ik maar bij je zijn in de uren van mijn angst. Dat is het ergste, hier zonder hulp te zitten.

Hij boog het hoofd en staarde door de hor naar de nevel over de gracht.

Man, zeide Maarten, zoveel gedachten heb ik nooit gehad. Ik heb alleen maar mijn best gedaan zo goed mogelijk te leven zonder een ander kwaad te doen, dat is al veel voor God. Meer kan ik je ook niet zeggen. Als ik geld had zou ik het je geven, al was het alleen maar omdat de drank je de kwaal verlicht, maar ik heb het ergens anders gebracht waar het ook verlicht. Als je mij nodig hebt, roep me maar, men kan nooit weten wat men doen kan.

Hij liet hem alleen. De rivier lag stil toen hij terugvoer, met flauwe glansen op de kabbeling. Wij zullen de schuit opknappen, zeide hij, en dan wat meer werk.–De volgende morgen voeren zij voorbij de stad met de toren boven de daken.

XI

Ruim een jaar voer de oude schuit voorspoedig en hoewel zij weinig verdienste gaf was dit hun beste tijd. Eerst voeren zij een hele zomer tegen vast loon voor een man in Leeuwarden die vrachten liet halen en het geld meegaf, zodat zij geen zorgen hadden. Voor henzelf was het harder werk op de smalle trekvaarten, maar zij spaarden de schuit, het waren reizen tot Drachten en Zevenhuizen, later tot Wildervank en verder. In de dorpen, waar zij aanlegden of langsgingen, kende men hen voor ijverige mensen die niet van praten hielden, maar staag aan de lijn liepen, uren achtereen al de natte dagen van dat seizoen. Het kwam nu zelden voor dat een jongen hen nog naschold, men wist al dat zij niet meer bij Zwijndrecht hoorden.

Marie kookte de pot terwijl zij met de rug het roer hield en wanneer zij de aardappelen gaar in de bak had, schudde Jantje aan de lijn om hem te waarschuwen. Dan hield hij stil en zocht waar hij vast kon maken. Zij zaten met zijn drieën in de roef, druipend nat, en spraken weinig onder het eten. De naam van Jantje klonk het meest van de woorden die zij zeiden, het was vooral Marie die altijd wat voor hem te zeggen had en altijd zijn naam daarbij noemde, of zij behagen schiep in de klank daarvan. De jongen was zwak voor zijn acht jaren, stil en mager. Deze zomer kreeg hij genoeg te eten en zij zorgde ervoor dat hij warme kleren had. Zij was het die vertelde hoe hij die morgen gespeeld had, of hoe hij het touw had geteerd, zij wist wel dat zij al te teder werd wanneer zij hem prees, maar zij deed het voor zij het wist. En wanneer Rossaart weer op het pad ging en hem mee wilde nemen om naast hem te lopen omdat de jongen ook zijn benen moest gebruiken, stemde zij toe als hij maar niet te lang in de regen bleef. Dan stond zij aan het roer en keek recht vooruit naar man en kind aan het ander eind van de lijn. Niet voor het donker werd bleef Rossaart staan en haalde de lijn in. Jantje hielp ermee haar aan boord te dragen, hij wist al vaardig het touw uit te werpen en de vader maakte vast. Zij zaten weer naast elkander voor de schraag met het eindje kaars, zij baden, waarbij de jongen een kruis maakte zoals zijn moeder, en zij aten, zwijgend en vermoeid. En wanneer Marie de kruimels had geveegd en het deksel op de doofpot gedaan, legde zij de matrassen op de vloer. Rossaart, stijf in rug en benen, sliep aanstonds, moeder en kind fluisterden nog in donker.

Zo gingen de weekdagen, zonder verandering. Maar van de zaterdag tot de zondagavond was het rust en genoegen. Als het kon zochten zij niet ver van een dorp vast te leggen nog voor de avond viel. Zodra alles aan kant was ging Marie met haar mandje uit en zij keerde terug met een wittebrood, een krentenbrood, een zakje balletjes en een worst of een stuk spek voor de zondagse soep, soms ook met aardbeien en kersen, daar had zij een paar stuivers meer voor uitgegeven maar een kind kon toch niet buiten een versnapering. Terwijl hij aan dek redderde was er in de roef gestommel, gerucht van vrolijkheid en plassend water en als de deur weer openging zag Jantje er helder uit, glimmend en gekamd. Na het brood zaten zij nog lang. Soms spraken zij over de kansen op meer verdienste, om over te leggen en mettertijd een betere schuit te kopen, want wanneer Jantje groter was zou hij kunnen helpen, dan zou vader ook tijd hebben om hem te leren lezen. Vooral Marie sprak graag over de toekomst, zij zeide ook dat een schuit, die meer ruimte had voor het kind, het liefste van haar wensen was, maar Rossaart vond dat zij tevreden konden zijn zoals God voor hen zorgde, bedenkende hoevelen er in het land van de armoede te lijden hadden. Jantje zat te wachten voor hij slapen moest, want de zaterdagavond was er voor iets moois om aan te denken. En als Rossaart genoeg gepraat had met zijn vrouw trok hij de jongen dicht bij zich en vertelde hem van iets dat hij gehoord had of zelf gedaan toen hij klein was, en dan dacht hij aan iets waarvan in de Bijbel geschreven stond, hoe Jezus over de golven van de zee liep om zijn vrienden, die klein van geloof waren, te komen redden; hoe de mensen zich om hem verdrongen waar hij ook ging en van hem hoorden hoe eenvoudig het was te leven zoals God het wilde; of de wonderlijke verhalen van de koning Saul, de koning David, de koning Salomo, de koningin van Scheba met haar specerijen en haar goud op kamelen geladen, die zij de wijze koning gaf ter ere van het huis van God. Rossaart sprak niet van wat er uit die verhalen te leren viel, maar Jantje begreep wel waarom de koningin van Scheba de koning eerde, waarom Salomo zo wijs was en Jezus zo heilig.

En de zondag werd voor hem een lichte tijd, een tijd van zijn vader meer dan van zijn moeder, want die dag klonk de stem van Rossaart. Zij stonden aan de vaart met de hengel, een lange poos zwijgend, tot de vader weer vertelde zodat Jantje niet op de dobber lette. Of zij gingen, terwijl de moeder op de schuit te doen had, een eind langs de sloot of door de veenderij, zij zaten in die dagen om Sint-Jan onder het volle lover van een boom en wat Rossaart hem vertelde enkel uit de Bijbel was voor de jongen een spel waar hij de hele week aan denken kon. Eenzaam op een nat stuk land of aan een vaart, met een grashalm waar een droppeltje aan hing en het getjitter van een zwaluw, was het zondag. 's Avonds voor hij ging slapen had Jantje veel gehoord, hij zei: Dank je. En de maandagmorgen bij het krieken hielp hij weer met schrobben voor de lijn werd uitgebracht. Tot in de winter voeren zij geregeld, zij werkten meer met de kortere dagen en Marie hield zelfs wat geld voor de slechte tijd. Die kwam gauw in het nieuwe jaar.

In de steden waren de mensen die herfst al begonnen te klagen over de duurte van aardappelen en brood en menigeen zat werkloos. Ook de turf werd te duur hoewel de veenders niet voor minder konden geven noch de schippers voor minder varen. In Leeuwarden hoefden de Rossaarts geen vrachten meer te brengen, maar zij hadden het geluk een schipper te ontmoeten die een grote tjalk bezat en van hen wilde dat zij de goedkopere turf zouden halen, zij en twee anderen met kleine schuiten, hij wachtte dan in Kuinre of in Blokzijl en voer de lading naar de grote steden van Holland, waar men betere prijzen gaf. Drie reizen deden zij zo van Noordwolde, voor de volgende gingen zij naar Smilde toen de vorst begon, zo fel dat binnen twee dagen de vaart er vastzat. Met een andere schipper en een paar veentrappers hakte Rossaart het ijs zodat hij dichterbij kon komen om te laden, maar het was nutteloos werk want in de morgen zat de geul weer toe. Dagenlang bleef de scherpe vrieswind over de vlakte waaien en aan de bijt mat men iedere morgen een paar duim meer. Op de andere schuit, een honderd passen van de Vertrouwen, begon het gebrek het eerst, de man werd lastig omdat hij geen geld voor drank had, de vrouw, ziekelijk en klagend, kwam borgen bij de bakker en in de winkel, en toen men daar niet genoeg kon geven omdat er zoveel waren die op de lei moesten kopen, ook bij Marie. In al die woningen langs de vaart, het ergst in de loodsen en hutten van de vrijgezellen, werd na een week het brood al schaars, want zelfs in de beste tijd kreeg een veensteker niet genoeg om zijn schuld bij de bakker te betalen en de aardappel was na de slechte oogsten een lekkernij die hij niet zag wanneer met de winterdag de steek stil moest liggen. Zelfs de brandstof hadden zij te weinig voor de nood, hoewel er aan de sloten hoge stapels lagen, maar de bazen zetten er een man met een hond op wacht. In al die woningen, zover men ging de vaart langs, hoorde men het gedrein van kinderen en wie er buiten kwam keek eerst naar de lucht of de wind veranderen zou. Een bedeling was er niet. Na twee weken trokken zij 's morgens uit naar Assen, en zelfs verder, in de hoop op werk of aalmoes, zij keerden in de nacht terug stijf en hongerig, omdat ook daar niet gegeven werd. Toen wachtten zij maar en wie niet onder het stro lag om de kwelling te vergeten, zocht aan de overkant plaggen voor het vuur of slenterde met de handen in de mouwen, kijkend naar het ijs, mopperend of gelaten. Al gauw lagen er mensen met de winterkoorts, iedere dag kwam de dokter uit de stad gereden, hij ging menige woning binnen waar geen betaling was, maar wat hij opgaf kon niet een ieder volgen, hoe gering ook de kosten, behalve het bruin papier met kaarsvet. En de timmerman van het dorp kreeg het druk met kisten maken, en er werden dragers opgeroepen, hun klompen gingen langzaam op de bevroren weg.

Drie weken kon Marie voor brood betalen, zij mat het zuinig om nog iets op de andere schuiten te brengen of waar de nood het ergst riep. Toen begon het ook bij hen te nijpen. De bakker borgde, maar onwillig omdat hij gehoord had van hun oproerigheid. Toen gaf hij minder, zeggend dat hij zelf zijn meel niet meer betalen kon, hij had al schuld in Assen. Jantje kreeg nog wat hij nodig had, hard brood geweekt in water. En de vorst hield aan, soms stak de wind 's nachts harder op. Op de vloer van de roef, onder dekens, was het uit te houden, want de boorden lagen beschut tussen het ijs, maar als hij stond moest hij in de deken gewikkeld blijven. Op de andere schuit hoestten de kinderen en ook Marie begon te hoesten. Wanneer zij met Jantje onder de deken lag, zat Rossaart stil, met de handen in de zak, hij kon niets doen. Hij staarde naar het ijs op de ruit, hij dacht en schudde soms zijn hoofd. Bij ontlating van het weer zou er tussen Maas en Waal wel overstroming zijn, de dijken waren nog zoals voor vijfentwintig jaar, er zouden er weer verdrinken omdat men het geld niet wilde geven voor verbetering. Wie wist hoe lang de vorst nog duren kon, als de dooi inviel was hij misschien te zwak om de schuit te trekken, en wat dan? Wie gaf hun brood? Een ander zou misschien zeggen dat hij het geld van zijn vaders versterf had moeten houden, maar dat was ongeloof: wie op heden zijn teveel aan goed aan anderen gaf deed zijn plicht en als hij morgen zelf arm was moest hij op God vertrouwen. Nu er honger op de schuit was moest hij hulp vragen waar hij recht had te verwachten, maar wie was er van de vrinden overgebleven? Op Zwijndrecht bestond geen broederschap meer. Gees zou de enige zijn, al had zij het krap, maar hij wist niet of een brief haar bereiken zou. Hij moest wel lenen van tante Jans.

Toen de dokter ook op hun schuit geweest was voor Marie en gezegd had dat zij melkpap moest hebben, want de koorts werd kwaad in het dorp, ging Rossaart naar de winkel en vroeg om papier. Hij schreef tante Jans dat hij het geld voor de honger nodig had en het in de zomer terug zou geven, liep met de brief naar Hooghalen waar de post van het Noorden langskwam. Hij ging dagelijks kijken of er antwoord was. Toen de dooi intrad had de koorts Marie verlaten en zij kreeg nog melkpap, zoals Jantje zijn brood, maar zij lag uitgeteerd en kon niet op de benen staan. Bij het laden moest Rossaart ieder kwartier even rusten, hij zweette onder een mand turf. De bakker had zijn woord, goed voor meer dan zes weken verdienste. Rossaart nam een jongen mee omdat Marie zelfs het roer niet kon houden en hij kon het alleen niet aan.

De turf werd ruim betaald in Kuinre, hij kon ook denken aan wat de schuit weer nodig had. Marie kwam langzaam bij. Zij ging voort meer te eten dan zij lustte omdat zij wel voelde hoe zwak zij was geworden, zij zuchtte dat het lang zou duren eer haar handen weer naar het werk zouden staan. Tot het midden van de lente voeren zij heen en weer, de schuld werd afbetaald en de schuit kreeg nieuwe planken, nieuw touw. Rossaart had gehoord dat de Waal weer over de dijken was gelopen, zijn hart trok erheen. Een man in Woudrichem had hem gezegd dat hij in de slappe tijd wel een vracht van hem wilde nemen en de veender, wie hij erover sprak, vertrouwde het hem toe. Jan kon nu al helpen met het roer. Zij deden er lang over door Overijssel en Gelderland en op die reis begon de jongen schik te krijgen in het werk, Rossaart zag dat hij wat de hulp aanging wel gauw een grotere schuit kon gebruiken.

Er was op de landen aan de Waal weinig van schade te bekennen, alleen scheen het dat er minder koeien graasden en er werd aan de dijken gewerkt. Maar het was weer het rustig zomergezicht van blauwe lucht en dikke wolken blinkend in het water. Vlak voor Gorkum zat in het midden een grote aak vast, zeker met een schipper die niet wist dat daar veel te baggeren viel...

Toen zij voor Workum aan de wal lagen gebeurde het ongeluk dat hun leven noodlottig stuurde. Hij was naar de overkant gegaan om zijn jongste broer op te zoeken. Terugkerend met het veer, laat in de middag, viel het hem op dat de mensen naar hem keken en zwegen. De veerman riep hem bij zich en zeide dat hij wel de last op zich wilde laden om onheilsbode te zijn. Die middag waren drie schipperskinderen naar de aak gaan kijken, het bootje was omgeslagen op deze eigen plek en er was er geen teruggevonden. Dat God hem sterkte mocht geven. Hij stond in het water te kijken met een dwaze lach op het gezicht.

In de roef lag Marie geknield met het hoofd in de armen. Die nacht zaten zij naast elkaar met de handen gevouwen en zeiden niets.

Bij het gloren van de hemel ging hij aan dek. Het water vloeide rustig voorbij, dauwig en glanzend. Schuin tegenover in de verte lag de schans waar hij als jongen een douaneman had gezien die weggesleept werd, hij herinnerde zich het geplas. Hij had een misselijk gevoel en slapte in de benen. God, bad hij, geef–hij wist niet wat. Hij keerde zich af, hij nam de haak op en wist niet wat hij ermee doen moest. Hij stak in het water. En hij keek de hemel aan en hij zeide: Ik ben maar een worm, ik kan het niet helpen dat ik het water vervloek. God, wat hebben wij u voor kwaad gedaan?

Marie, die hem hoorde, deed een deurtje open, zij zag hem met de haak of hij voor een vijand stond. Rossaart, zeide zij, maak los, laten wij weggaan, wij mogen de zondag breken.

Hij maakte de touwen los en hij stak af, hij hees het zeil dat begon te leven van de eerste ochtendkoelte. Wij moeten blijven werken, vrouw, al heeft God ons geslagen.–En verder zwegen zij, starend op het water. Hoe verder de schuit voer zo meer wendde Marie het hoofd naar achteren. Toen de kabbeling begon te schitteren verdween de toren van Gorkum in de bocht. Zij stonden naast elkander aan het roer, maar zij bleef naar achter staren en hij hield de ogen op het water. Sliedrecht en Papendrecht gingen voorbij, Zwijndrecht en de huisjes aan de Noord, en zij spraken niet. De lucht straalde boven de landen, de koeien lagen in het gras, en na de middag verzamelden zich wolkjes in het oosten. Marie ging in de roef, zij zette koffie en bracht het hem zonder spreken. Toen er al gebulk van koeien begon vroeg hij of zij in Krimpen zouden aanleggen voor de nacht. Zij knikte en zeide: Wij moeten gauw weer terug, mijn hart blijft daar. –Toen zij vastlagen sneed zij het brood. En dit was de eerste dag van hun stille vaart.

In Gouda kregen zij een vracht voor Amsterdam. Van toen aan merkten zij een verschil, hoewel zij het niet beseften. Marie bad langer dan hij bij het opstaan en voor het eten. Alleen aan de roerpen staande deed zij met de handen het werk terwijl de gedachten dwaalden. Rossaart, die trok en de lijn moest laten spannen, voelde de last van de warmte, de druk op de schouders, de vermoeienis van de benen en had geen afleiding dan wanneer hij moest uitwijken of voorbij een dorp kwam. Alleen op het middaguur of voor de avond, wanneer hij de lijn had ingehaald en op de schuit was geklommen, zag hij de leegte weer. Zij was geheel in de herinnering en hij werd telkens opnieuw door de gedachte overvallen. Toch kon hij slapen en zij lag wakker. Het was een warme zomer met zonneschijn iedere morgen. Het loof van de bomen hing stil, ook nadat zij weer van Amsterdam wegvoeren. Zij hadden kleine vrachten tot Haarlem heen en weer, tot Alkmaar en Edam, het weer bleef vast en Rossaart werkte geregeld. Een week lagen zij in Edam, toen men de herfst al begon te ruiken, onder de zware bomen. Hij moest aan de schuit herstellen voor zij de Zuiderzee over konden gaan, het was ook rust voor hem. Wanneer hij even ophield met hamer of zaag merkte hij de stilte. Naast elkander aan het brood zaten zij eenzaam en hadden niets te zeggen.

Van Kuinre begonnen weer de turfvaarten regelmatig heen en weer, eerst naar Wildervank, dan naar Smilde. Marie borg de guldens in de kast. Toen de noordwester de laatste bladeren van de bomen schudde begon zij weer te kuchen, zij had het koud en sloeg een gebreide doek om de schouders. Maar het hoesten nam toe, in de stilte aan de vaart, terwijl hij trok, hoorde hij het achter zich en het werd zo geregeld dat hij aan de voetstappen die hij deed kon uittellen wanneer het weer komen zou. Hij kocht een drankje bij de apotheker, maar het hoesten bleef het enige dat hij in de stilte hoorde. Voor de veenderij in Smilde zeide zij dat zij niet weer een winter hier wou blijven, als zij toch ziek moest liggen ging zij liever naar Gorkum. Wij zullen harder werken, antwoordde hij, dan leggen wij meer over en als het dan niet te vroeg wintert brengen wij een vracht naar huis voor eigen geld.

Hij had nog nooit van tehuis gesproken. Plotseling deed zij het schort voor de ogen, zij zeide iets, maar hij verstond het niet. Als ik daar in de lijn loop, zeide hij, komen er wel gedachten bij mij op. Job had ongelijk toen hij God om verantwoording vroeg. God straft geen onschuldigen, waarom hij het ongeluk zendt kunnen wij niet verstaan en het is niet aan ons daarnaar te vragen. Wij zullen het ook nooit weten want wij zijn maar wie wij zijn. Het is menselijk te huilen als je verdriet hebt, maar laten de tranen het niet donker voor je maken zodat je God niet meer ziet. Wij zullen weer naar Gorkum, daar worden wij toch getrokken, maar laten wij blijven bidden zoals wij altijd gedaan hebben.

Hij maakte voort met laden en met lossen, hij liep harder op het pad, hij sliep korter. Begin februari kwam het eerste ijs, hij droeg haastig de vracht op de schuit en om de snelste weg te nemen zocht hij een man om mee te gaan over de Zuiderzee. In Holland kwakkelde het weer, het water zag donker. Rossaart, die het te harde werk aan de benen voelde, trok nu langzamer op de drassige paden. Zij maakten ook kortere tijden, want Marie hoestte zo veel dat het roer haar te zwaar werd. Dan liet hij haar onder de deken rusten terwijl hij de pot buiten kookte om de rook die zij niet verdroeg. Soms sliep zij wanneer hij het eten klaar had, soms schudde zij alleen maar het hoofd met de ogen toe en hij bad alleen. En hij zat en wachtte tot zij eindelijk weer opstond en haar doek omslaande zeide: Verder maar. Hij klemde het roer zodat zij het niet gedurig hoefde te houden, hij nam de lijn en sprong zwijgend weer aan wal. Hij hoorde alleen het hijgen van zijn mond en achter zich het klotsen tegen de schuit.

Voorbij Gouda, terwijl zij rustten, sprak zij: Rossaart, beste man, ik zal wel moeten liggen, ik voel dat het niet gaat. Het varen is mij gauw te veel geworden. Hoe moet dat nu? Laat mij maar in Gorkum van de hoest afkomen, dan zullen wij wel verder zien. – Goed, zei hij, er is geld, daar kan je een maand of vier mee toe. Ik zal met een jongen varen en wat ik overhoud krijg je dan wel om beter te worden. Ga maar weer onder de deken.

Dat was al wat zij zeiden. Hij zat een poos te wachten, kijkend door de ruit naar de dunne sneeuw die begon te vallen, maar toen hij merkte dat zij sliep, stond hij op. Hij trok, langzaam, voorzichtig, kort aan de lijn, gedurig omkijkend of de schuit recht liep. Er stond niemand aan het roer. Het was of de oude schuit lichter ging, hoewel de turf hoog lag opgestapeld. Maar het vermoeide hem meer telkens stil te staan dan geregeld voort te stappen.

Van Krimpen af kon hij het zeil weer hijsen. De volgende morgen, voor Woudrichem liggende, pakte zij haar bundel. Man, zeide zij, ik zal erom huilen dat je alleen moet varen. Maar je zou erger last van me krijgen als ik bleef. Vaar maar niet ver weg en kom nu en dan eens kijken.

Hij bracht haar naar de overkant en zij hadden nog voor de middag een onderdak gevonden bij een weduwe in een laag huisje in de Bloempotsteeg, daar kreeg zij een goed bed waar zij kon liggen. God zegen je, zei Rossaart en keerde alleen naar de schuit terug om te lossen.

XII

Aan de Rijnkade zeide de jongen dat hij op een tjalk kon komen, hij ontving zijn loon en ging. Daar Rossaart de vracht voor eigen rekening had besloot hij hier en daar aan te leggen om te zien of er voor de winter op de rivieren werk te vinden was, want een hoge lading gaf te veel moeite om zonder hulp te varen. De mast was nieuw van het vorig jaar, hij zou ook een nieuw zeil kopen, dan kon de schuit weer zware vrachten dragen met de wind. De Vertrouwen toonde dat zij ook met het oude nog licht kon gaan, zo vlug gleed zij in het midden van de Rijn met de vaste zomerkoelte.

Onder de boomrijke oever kwam hij diepliggende schuiten tegen en een eind verder voor een steenbakkerij werden er nog twee geladen. In Wageningen hoorde hij dat de steenvaart gauw gedaan zou zijn, er lagen nu al schuiten stil; ook van het aardappelvervoer over een paar weken te beginnen, was niet veel te verwachten want de oogst scheen weer schraal te zijn en er waren veel schippers om mee te dingen. Na de middag kwam hij langzaam voort, hij merkte dat er weinig verkeer was. Toch wilde hij zien hier te blijven. Hoe hij daar ook werkte en hoe hij er zich vermoeide, in het Noorden voelde hij zich nooit op zijn gemak zoals hier waar hij meer ruimte had; de nevelige lucht stond hoger en wijder, vooral voorbij Rhenen waar zij aan beide kanten tot ver achter de oevers blonk, hij voelde zich thuis op het heldere brede water van Lek en Waal, meer dan op de rechte vaarten ginds. Hier was het rust voor hem langs de dijken met de wilgen en de lage daken en daar trok hij als een vreemde van de ene naar de andere plaats, altijd in de verwachting terug te keren. De drie jaren dat hij er gewerkt had, af en aan met hulp of alleen, hadden zwaar gewogen, hij wist dat hij niet de oude was en hij werd stram voor zijn tijd. Maar hij had geregeld geld kunnen zenden, en ruim, want hoe langer hij alleen was hoe minder hij nodig had. Het was lang geleden dat er een ketel koffie stond te koken of dat er wit brood in de roef kwam, zelfs een warme pot schafte hij niet dan 's zondags wanneer hij alleen voer. In het begin had hij het gedaan om te sparen voor zijn vrouw en voor de schuit, maar toen zij zelf verdiende en nog maar weinig van hem aan wilde nemen was hij gewoon geraakt aan niet meer dan het dagelijks brood waar hij voor dankte. Soms was de doos vol met overgespaarde penningen zodat hij al kon rekenen wanneer hij een grote tjalk zou kopen, want anders dan op een goed gebouwd schip met een ruime roef, zoals de eerste Vertrouwen had, wilde hij niet dat Marie terug zou keren. Maar telkens werden de penningen uitgegeven. Hij wist dan wel dat de wens weer in de verte lag en toch gaf het verlichting omdat een doos vol klinkende munt hem tegen het gemoed ging zolang hij mensen zag armer dan hij.

Vooral de laatste twee jaren scheen het wel of het gebrek was toegenomen. Iedere zomer hoorde men in de steden zeggen dat er een goede oogst verwacht werd, maar wie door het land voer zag in verscheiden streken in augustus al de ziekte in het aardappelloof en al stond op de vruchtbare gronden het graangewas tierig, het gaf nooit genoeg in de stad voor de man met gering loon en groot gezin. Van Amsterdam tot Rotterdam lagen soldaten omdat de overheid voor beroering vreesde, maar van de nood op het land hoorde men nauwelijks, toch was daar menige dagloner die zelfs in de zomertijd vrouw en kinderen niet voor de honger kon behoeden. Toen hij naar Wijk-bij-Duurstede wendde voor de avond hoorde hij van de veerpont, die overstak, zijn naam roepen. De man, die aan de wal naar hem toekwam, herkende hij niet, maar Winter herinnerde hem eraan dat zij samen in de boeien gelopen hadden, dat was in de oorlog toen hij en een ander het geweer niet wilden dragen. Winter nam hem mee naar de overkant. Die goede tijd is lang voorbij, zeide hij terwijl zij door het hoge gras naar de molen liepen, toen dachten wij nog dat het in de wereld anders kon en je had het ervoor over als je voor je overtuiging in de gevangenis moest, maar als je zo zou willen doorgaan zou je wel je hele leven achter slot kunnen zitten. En als je trouwt en kinderen hebt, dan kan je ze niet laten boeten voor je overtuiging en je moet wel meelopen met de anderen. Neen, de goddelijke boodschap was te mooi voor deze wereld. Het enige wat je overblijft is zo nabij mogelijk je plicht te doen, niet stelen, niet liegen, je kinderen in eerlijkheid grootbrengen, voor je naasten doen wat je kan. 't Is een treurige rest van wat wij wilden, maar als God zelf de mensen niet kan overwinnen tot beter, hoe kunnen wij het dan?

De vrouw sneed het brood, de kinderen en de knecht kwamen binnen. Hoewel zij elkaar vroeger weinig gekend hadden, want Winter was na zijn straf maar kort in Zwijndrecht gebleven en Rossaart was meestal varende, voelden zij zich verbonden als broeders van de jeugd af, verwant in het geloof, met maar weinig verschil in de teleurstelling door de jaren gebracht, iets meer voor de een, iets minder voor de ander. En Rossaart sprak het uit: Wij hebben Wuddink veel te danken, al was hij voor de wereld een verworpene, want van hem hebben wij de broederschap in het hart gekregen. – Zij zaten nog laat en keken over de Lek waar de hemel donkerrood en geel bleef terwijl de maan al over de bomen kwam.

In de morgen bracht Winter hem bij de meelkoper in de stad, die met Rossaart overeenkwam dat hij voor hem zou varen, de schuit zag er zindelijk uit met hechte luiken.

Toen hij op het kanaal het land van Gorkum binnenvoer viel er zwaarmoedigheid over hem en twijfel hoe hij haar vinden zou. Het vorig jaar had zij gezegd dat zij nog te sukkelig was om weer te varen, maar hij dacht dat iets anders haar drukte, de angst voor het water, wie het eenmaal heeft wordt er niet meer van verlost. Dat was het wat tussen hen stond. Hij had er eens een hekel aan gehad, zoals men ook afschuw heeft van een vriend die bedriegt, maar vrees had hij er sinds hij een kind was nooit meer voor gehad, en hij wist bij ondervinding dat hij er niet buiten kon. Het was niet het varen waarom hij voer, en schipper was hij bij toeval geworden, maar wat was er op zijn jaren nog voor ander werk te vinden met het water?

Hier kwam Arkel op, waar het altijd april was in zijn gedachten, en nu veranderd met de nieuwe woningen. In de stad ook merkte hij voor het eerst het verschil, hij was er vreemd, of hij ouder was dan de mensen die hij er zag. Hij legde aan bij de steiger schuin tegenover het huis waar hij geboren was. De oude vrouw, die hem opendeed, zei dat hij wachten moest, omdat Marie, die nu haar werkhuizen deed, niet voor donker thuiskwam. Hij zat in het lage kamertje, de vrouw bracht karnemelk en kwam naast hem zitten. Ja, zeide zij toen hij naar het kruis keek dat naast het bed hing, Marie is hier onder eigen volk. Al was je nog zo goed voor haar, dat heeft zij toch bij je moeten missen. — De steeg was nauw, hij bukte laag om door de hor naar de lucht te zien; uit de vensters van de huisjes tegenover keken twee buren naar beneden en praatten.

De vrouw was naar de keuken gegaan toen de deur geopend werd. In de duisternis zag zij zijn gestalte tegen het raam, zij zeide alleen: Rossaart. Dan haalde zij een kaars die zij op het tafeltje naast het bed zette. Zij antwoordde dat zij niet te klagen had en haar werk kon doen, geld had zij niet nodig. Hij zeide dat hij het volgend jaar wel een grotere schuit kon kopen en vroeg of zij te bang voor het water was geworden om weer te varen. Neen, ik ben niet bang, maar ik heb behoefte aan iets dat ik op een schuit niet krijgen kan. Je bent anders grootgebracht en je weet niet wat de kerk is wanneer het hart beproefd wordt. Maar wie weet, misschien kan ik later weer met je varen, ik bid erom.

In de keuken waar hij mee aanzat zag hij dat zij ouder was geworden, het haar dun onder het zwarte mutsje, de wangen ingevallen; zij hield de ogen meest neergeslagen en wanneer zij hem aankeek scheen het hem of zij donkerder waren. Hij vertelde dat hij nu op de rivieren bleef varen en vaker komen kon. Wel, je brood staat hier altijd klaar. — Na het omwassen zeide zij dat zij naar bed moest want het was weer vroeg dag. Zij bracht hem tot de deur, daar nam zij zijn hand en dicht bij zijn oor fluisterde zij: God zegen je, beste man. Met een heldere stille hemel stak hij de Merwede over naar Workum en hij loste de turf. Het was er druk bij de tenten die de houtvlotters onder de dijk hadden opgeslagen, er drentelden veldwachters rond, want met de drank kwam het soms tot baldadigheid. Hij zat tot laat op de schuit, kijkend naar het maanlicht op het rimpelend water, in de tenten werd gezongen. Met de morgen maakte hij schoon schip en keerde dezelfde weg terug.

Tot ver in de winter voer hij van Wijk-bij-Duurstede naar verscheidene plaatsen in Holland, in Utrecht, langs Lek en Waal, en hij kwam dikwijls in zijn geboortestad aan de wal. Telkens na een reis gaf hij het geld aan Marie, dan rekende zij dat hij wel gauw een tjalk kon kopen, maar zij schudde nog altijd zacht het hoofd als hij van meevaren sprak.

Toen de vorst inzette lag hij voor Nijmegen, hij haastte zich om de rivier af te zakken en nog tijdig naar Workum te komen, maar bij Slijk Ewijk raakte het roer onklaar en hij moest aanleggen. Aan het veer ontmoette hij een man die hij ruim vijftien jaar niet gezien had, Koppers die, toen hij het been had gebroken, de schipperij had laten varen en uit Zwijndrecht was weggegaan. Hij had een witte baard en hij trok moeilijk met het been en Rossaart medenemend naar het huis noemde hij hem de goede tijding die uit een ver land kwam als koelte voor de vermoeide ziel, want hij kon zijn raad en hulp gebruiken. Dat was een lange geschiedenis die hij uitvoerig vertelde, terwijl zijn vrouw telkens kwam zeggen dat er mensen wachtten, maar dan riep hij ongeduldig dat zij het maar met een van de jongens moest doen. En zodra zij uit de kamer was vertrouwde hij Rossaart toe dat het alles zijn eigen schuld was, hij had zich nooit met de wereld kunnen verstaan, dan had hij ook nooit moeten trouwen, en het was langzamerhand erger geworden toen hij zich moeilijk bewoog. Hij zag aankomen dat hij het werk moest opgeven en daar wachtten zijn tegenstanders op. Want hij had zich het dorp en de boeren van de omtrek tot vijanden gemaakt door knechts en dagloners aan het verstand te brengen dat zij onrechtvaardig behandeld werden voor werk dat in de zomer soms een paar uur voor nachtrust liet, en hij ging niet naar de kerk, hij had aan de dominee gezegd dat daar toch maar mensen van woorden zaten die niet toonden dat zij christenen waren. Hij wist wel dat hij met de dag onverzettelijker werd, maar hoe kon het anders als men jaar in jaar uit hoorde: Vergrijp u dus niet aan de schijn, en men zag niets dan schijn, jaar in, jaar uit. Het werk viel ook te zwaar met de knie, en hij moest voort, want als hij ging liggen zouden de vijanden wel zorgen dat hij de pacht niet vernieuwd kreeg. Jawel, zei Rossaart, ik zal je helpen zoals wij dat geleerd hebben te doen, maar niet langer dan een week of vier, dan moet ik naar Holland om een tjalk te zoeken.

Rossaart deed het veerwerk in de moeilijke tijd van drijvend ijs en harde stroom. Maar Koppers werd erger en toen de pacht vernieuwd moest worden kwam de burgemeester zeggen dat hij geen onbekwaam man aan het veer wilde hebben, er zou een ander komen. Wat nu? vroeg hij, met vier kinderen om voor te zorgen? En zijn vrouw liep met de zakdoek aan de ogen. Rossaart kwam bij hem zitten en zeide: De drie maanden dat ik hier ben heb ik niet verdiend, maar er ligt nog wat geld en ik denk haast dat die tjalk nog wachten kan. Het is misschien genoeg voor een kleine nering en dan wat behelpen. – Hij droeg het huisraad op de schuit bij het grauwen van de dag, en hij bracht ze naar Dordrecht, Koppers, vrouw en kinderen.

Dan voer hij weer voor de meelkoper heel de zomer. De schuit had dikwijls herstelling nodig, hij zag wel dat zij nog maar kort mee zou kunnen en dat hij een andere zou moeten hebben ook al keerde Marie niet weerom. Wanneer hij kwam gaf zij altijd hetzelfde antwoord: nu nog niet. Het was hem soms of zij niet zeggen kon dat het nooit zou zijn.

Eens vond hij daar een brief van tante Jans, die hem verweet dat hij haar in lange tijd niet bezocht had en zij vroeg hem gauw te komen omdat zij hem dringend spreken moest. Eerst in de laatste dagen van de zomer gebeurde het dat hij erlangs moest varen, de bomen op de dijk stonden nog in het groene blad. Het was een nieuwe bode die hem opendeed, zij vroeg wat hij wilde, zij liet hem wachten in de gang; met verbazing nam zij hem op toen zij hem in de kleine achterkamer liet.

Tante Jans zat ineengedoken in de grote stoel van fluweel, uitgeteerd en klein, er kwam een glimlach op haar gelaat toen hij haar hand nam, maar zij zeide niets. Er was niets veranderd in de kamer die hij goed kende, de meubels glommen, het vensterglas blonk, maar er was minder licht door de kastanjeboom die gegroeid was. Hij zette een stoel naast haar. Zij keek hem aan en zeide eindelijk: Zo, ben je gekomen. Ik weet niet meer wat ik zeggen wou, als men oud wordt vergeet men zoveel. Maar ik heb toch altijd aan je gedacht. Als je maar niet weer dadelijk weggaat, jongen. Het is gauw met me gedaan, dat zie ik zelf wel. De een heeft er een jaar voor nodig om te scheiden en de ander gaat voor hij het weet. Bel maar dat zij je een kop koffie brengt. – Haar stem was ijl, maar allengs klonk zij vaster met een diepere toon en allengs richtte zich het hoofd meer op. Maarten, ik had je allang eens willen spreken, maar je kwam nooit en het is zo veel dat ik het in een dag niet af kan. Je blijft hier slapen in hetzelfde bed van vroeger, het staat klaar. –

En toen de meid de koffie bracht: Ik moet nu gaan liggen van de dokter, maar als ik goed genoeg ben kom ik straks weer op en dan praten wij.

Hij liep die middag langs de dijk waar hij vroeger zelf gewerkt had, hij zag dat hij tot een half uur van de stad verbreed was en vandaar scheen een nieuwe in bouw geweest te zijn, maar het werk lag stil. Hij nam zich voor morgen nader te kijken hoe het in Hurwenen stond. Een oud gevoel kwam in hem terug, zoals hij het vroeger had gehad toen hij hier liep en uitkeek over de waard en de wijde rivier, of hij iets verwachtte. Voor hij terugkeerde ging hij nog op de schuit en in de roef zag hij voor het eerst hoe leeg het er was, met in de hoek de oude pantoffels van Marie. Hij had ze altijd naar de lapper willen brengen en nu zou het misschien niet nodig zijn.

De oude vrouw zat in dezelfde stoel, met het hoofd in de elboog geleund. Je ruikt naar de waterkant, zeide zij. Met weinig woorden die gedachten oversprongen, met korte herinneringen, soms met uitvoeriger herhalingen begon toen de ontboezeming van wat zij lang verborgen had gedragen en daar zij bij brokjes en half verzwegen bescheiden uitgesproken werd, besefte hij eerst later de zin ervan.

Het had zo anders kunnen zijn, zeide zij nadat de tafel was afgenomen, als ik niet zo koppig was geweest om hier te blijven wonen. Een mens raakt vast als hij altijd aan zichzelf denkt, daar kan ik geen neen op zeggen, God weet hoe ik dat water vervloekt heb en toch bleef ik er. Ik wist toch wel dat het niet gedempt kon worden.

Dan zweeg zij weer en keek naar buiten, spelend met een kwastje. Dan vroeg zij naar de schuit en knikte, of een andere gedachte haar voorbijging. En toen de meid kwam om haar te helpen naar bed te gaan zuchtte zij, zeggend: Morgen, wij zullen morgen praten.

Zij kwam laat beneden, nadat hij al uitgeweest was en het touw geteerd had. Haar ogen glansden toen zij hem zag en goedenmorgen wenste. Weer een nacht voorbij. Soms slaap ik goed, maar 't is meest wat dommelen tussen slaap en wakker zijn. En nare gezichten, maar daar ben ik al aan gewoon. 't Is anders een hele tijd, vijfenveertig jaar alleen te zijn. Want je hebt je oom nooit gekend, die was er niet meer toen ik je voor het eerst zag daar in Brakel. Hadden ze maar ja gezegd toen ik je bij me in huis wou nemen. Maar je vader kon niet met me overweg, hij zei dat ik goddeloos was omdat ik soms wat malde met de kerk. Praatjes voor de vaak, te zeggen dat het een kastijding van God was, dat je moeder en haar kleine kind verdronken. En ik dan? Een zere plek in het hart voor het hele leven om mij te straffen in het liefste dat ik had? Een wreed geslacht dat zo iets uitdacht. – Haar borst ging bewogen op en neer, haar handen trilden.

En aan het eten weer: Laat mij maar praten, dat doet mij goed, ik word er helder van. Weet je nog die winter toen je hier in Hurwenen geholpen hebt? Je haalde twee kinderen uit een boom, het meisje is later gestorven, maar de jongen leeft nog en is nu knecht onder Ammerzooi, hij weet nog goed van de Waterman. Wat was ik gelukkig. Een man in huis die het water aandorst. Ach Maarten, was je toen maar bij me gebleven. Het was toch niet nodig te gaan zwerven omdat je Marie niet kreeg, je had toch hier kunnen blijven, je had het werk gevonden daar je voor geboren bent. Geld was er genoeg, je was heemraad geworden en allang dijkgraaf. Dan zouden de dijken anders zijn en niet weer overlopen, en men zou niet altijd weer van ongelukken horen, alsof de rivier er niet al genoeg weggenomen heeft. Er liggen er al veel op dat natte kerkhof. Je hebt het zelf gezegd: er zullen er nog heel wat verdrinken, ik weet het zeker, zei je. Wat een ellende was me gespaard gebleven. Want in de eenzaamheid komt een mens van kwaad tot erger. Alle nare herinneringen, alles waar je om gehuild hebt, en dezelfde gedachten die altijd terugkomen. Dan word je bitter en je verwijt het jezelf. Ach, maar ik ben het al weer vergeten. Lag ik ook maar op de bodem bij wat mij dierbaar is. Ik ben niet altijd zo alleen geweest, zie je. Je was een mooi kind toen je daar in Brakel kwam, waarom hebben ze je mij niet gegeven, je vader hield toch niet van je net zomin als van mij. Ja, als ik straks op bed lig, met mijn hoofd naar links en dan weer naar rechts, dan weet ik wel alles wat ik je zeggen wil. Maar de mond wordt oud en zwak, het komt van het lange zwijgen.

Dikwijls herhaalde zij dezelfde dingen, maar soms hoorde hij haar iets zeggen dat hij nooit geweten had. Wie haar dierbaar was die zij aan het water verloren had, zeide zij niet en het was niet aan hem ernaar te vragen. Bijna veertig jaar had hij haar gekend zonder iets te weten van wat zij in het hart verborgen hield.

Op een middag was er een vleugje rood op haar gezicht toen zij was gaan zitten. Lang keek zij hem aan, toen zeide zij: Ik zal het maar bekennen, nu mijn tijd van gaan zo dichtbij is schaam ik mij ook niet meer. Ik heb dikwijls over je gehoord, jongen, ik liet altijd naar je vragen en ze hebben mij ook verteld dat je veel voor anderen gedaan hebt. Waarom voor mij niet, die je zo nodig had? Je was mij een kind als mijn eigen. God weet hoe ik om je gebeden heb. Maar ik bleef alleen en het alleen zijn heeft mij hard gemaakt. Eerst was het: neen, dat geld leg ik opzij, dan heeft hij wat meer als hij bij me komt. Het was om jou dat ik spaarde. Maar dat is wel waar, dat er boosheid kleeft aan het geld. Ik zat alleen en altijd telde ik maar in mijn gedachten, zoveel en zoveel, en als mijn eind komt heeft hij het tenminste goed. Ik gaf hoe langer hoe minder, zelfs voor het weeshuis waar ze het zo nodig hebben en voor de diaconie. Ik raakte de kluts kwijt, het werd gierigheid waar ik vroeger zo'n afkéer van had. Ach, wat heb ik er God vergiffenis om gevraagd. Toen jij mij uit Smilde schreef dat er honger was bij jullie, toen dacht ik: nu kan hij zien wat hij gedaan heeft door mij alleen te laten zitten. Maar dat was het niet, want kwaad heb ik je nooit gewild. De guldens hadden mij blind gemaakt, het was niets dan gierigheid. Het is nog maar pas dat ik het heb ingezien. Hier in de kast een trommel vol en papieren bij de notaris en dan bij jullie niet te eten. Ik ken je wel dat je het mij vergeeft. Maar voor God kan ik het niet verantwoorden. Ja, zal ik zeggen, het is zo, dom en zwak en wat al meer, maar een zware schuld. Maarten, wees wijzer met het geld, wat je te veel hebt is voor anderen.

Toen zuchtte zij en hield de ogen toe, vermoeid.

De volgende dag zei de meid dat de juffrouw in bed bleef, zij voelde zich zwak en zij had gevraagd of hij bij haar kwam zitten. Zij hield het hoofd achterover in het kussen, haar vingers gingen langzaam over de deken of zij pluisjes weg wilde doen. Waterman, zeide zij, goed dat je bij me bent. Bid God.

Twee dagen zat hij bij haar, er was geen ander geluid dan van de torenklok, hij voelde hoe stil het werd.

XIII

Voor de molen staande vertelde Winter dat hij gehoord had over Gees, zij was gezond en kras voor haar jaren, maar zij had het arm en in de koude dagen had zij de kachel niet kunnen stoken; hij vroeg Rossaart of zij haar samen wat met de post zouden zenden. 't Is goed, antwoordde hij, en nu ik weet waar zij zit wil ik eens naar haar toe, zij zal het stil hebben. Ik kan haar uit de zorgen helpen, want er ligt wat geld en al komt het mij niet toe, het zal zo erg niet zijn als ik er wat afneem voor waar het nodig is.

In Bommel vond hij de luiken voor de vensters. Terwijl hij stond te kijken kwam de dienstbode van de overbuur naar hem toe en zeide dat hij naar de notaris moest, die hem alles vertellen kon over juffrouw Goedeke. De notaris stond op toen hij binnen werd gelaten, hij gaf hem een hand en zeide dat hij lang op zich had laten wachten. Er waren papieren die al voor een jaar nagezien en getekend hadden kunnen worden en als Rossaart hetzelfde vertrouwen in hem stelde als wijlen zijn tante was hij bereid de zaken verder te beheren. Rossaart haalde de schouders op, hij had geen tijd voor papieren omdat hij terug moest met de schuit. Als de notaris hem zeggen wilde wat de erfenis was en hem een paar honderd gulden ervan kon geven, zouden zij de rest wel later regelen. Hij had ook nog niet nagedacht hoe het geld te verdelen. Er valt niet te verdelen, zei de notaris, je bent enig erfgenaam. Hier kan je lezen hoeveel er aan geld is, aan papieren en aan vaste goederen. Kom dan morgenochtend maar om te tekenen.

Toen hij weer kwam haalde Rossaart een stukje papier uit zijn zak waarop hij geschreven had wat hij voor zijn eigen uitgaaf nodig had en voorts stond er voor de diacônieën en de weeshuizen van Bommel en van Gorkum ieder een gelijk deel. De notaris deed langer over het lezen dan nodig was. Als ik het goed begrijp, zeide hij, blijft er niets van de nalatenschap voor jezelf over, behalve dit klein bedrag. Wel Rossaart, het is een edele gedachte, maar ik heb meer ondervinding met de goederen van deze wereld dan jij, het is mijn plicht, als vriend van wijlen juffrouw Goedeke, je onder het oog te brengen dat het uitermate onverstandig zou zijn zo te handelen. Als je, laat ik zeggen, een twintigste van de nalatenschap wilt bestemmen voor barmhartigheid, wel, daar zou iedereen je om prijzen, je zou ruimschoots aan je christenplicht voldoen. Al is het ongehoord dat je ook de luthersen en de gereformeerden en zelfs de roomsen bedenkt, daar zijn genoeg vermogende personen onder om zelf voor hun armen te zorgen. Maar dit is tegen de geest van de erflaatster. Ik heb haar vele jaren gekend en zij was altijd bedacht op je welzijn. Als je alles, zo in de hand zo er weer uit, weg zou geven, zou je wel dank oogsten, maar de mensen zouden denken: die man is niet bij zijn verstand. Je broers zouden zich kunnen verzetten. Schenk me je vertrouwen, als oudere vriend, en laat mij dat voor je regelen, je kan eropaan dat alle instellingen die je hier noemt, tevreden zullen zijn, en zelf ga je gerust je oude dag tegemoet.

Ik zie wel dat wij mekaar nog niet kennen, antwoordde Rossaart, ik heb er mijn redenen voor waarom ik het zo wil. Het brood blijft duur, daar mogen de armsten niet onder lijden. En als notaris mij helpen wil om het zo in te richten als daar geschreven staat, dan neem je mij veel werk uit de hand. Er zal wel veel te rekenen en te schrijven zijn en dat gaat mij niet af.

De notaris herhaalde de pogingen om hem tot ander inzicht te brengen, maar Rossaart antwoordde niet anders dan dat hij het beter vond zoals hij gezegd had. Hij voer weg met het geld dat hij had gevraagd.

Zijn broer Wouter deed zelf de deur open, schuw, met wijde ogen, verwaarloosd in de kleding. Voor de tafel zeide Maarten: Dit heb je uit de erfenis van tante Jans, koop er maar voor wat je nodig hebt. – Wouter bleef hem verwonderd aankijken. Je bent een rare om nog aan mij te denken, iedereen verlaat me en vergeet me, behalve die broer die als geest op de Merwede heen en weer vaart. Wat ben je mager geworden, je mocht zelf wel wat beter eten. Moet je nu met zulk hondeweer weer voort, in regen en wind? Ik denk wel eens aan je als het zo waait en je schuit is niet al te best, hoor ik. Je kan nu tenminste onbezorgd leven. Maar hier moet je niet komen wonen, ze kijken mij al met de nek aan en op jou hebben ze ook veel te zeggen, twee goddeloze broers. Zeg maar aan je vrouw dat ik het niet kwaad met haar meen, maar wij kunnen toch niet omgaan, een officier en een werkvrouw. Zij moet erg vroom zijn, iedere morgen de eerste in de kerk.

Rossaart wachtte voor de wal tot het avond was en zij van haar werk zou komen. De kostvrouw sprak erover dat zij niet in het huisje blijven kon omdat zij hulpbehoevend werd. Hij dacht dat Marie nu besluiten zou weer te varen, maar hij vroeg niets toen zij zeide dat zij nu de huishuur wel overnam. Hij gaf haar geld en verder werd er niet van gesproken. Alleen vroeg zij hem aan de deur om niet te varen als het morgen nog zo woei.

Hij sliep niet door het trekken en het stoten, de wind raasde in de bomen en het water sloeg tegen de wal. Als er nu ongelukken gebeurden was het de rivier niet die er schuld aan had, want die stroomde altijd rustig, behalve in de tijd dat er in de verre landen te veel water viel of als de vorst het vastvroor. Als in zulk weer iemand verdronk had hij het aan de wind te wijten. Bij daglicht keek hij rond of hij het wagen kon los te maken. Er stonden koppen en aan de overkant lag een witte streep onder het riet aan de oever. Blijf maar liggen waar je bent, riep een man op de wal, je ziet die wolken toch wel jagen? – Geen nood, antwoordde hij, de wind zal het mij niet doen, er is een tijd voor ieder, dat weet je toch.

Hij hees de fok, de schuit weifelde en schommelde, maar zette plotseling de kop recht op de andere oever. Rossaart dacht dat hij in de balorigheid niet verstandig had gedaan, want al had hij dan voor zichzelf geen vrees, voor de schuit liep de wind te sterk met valse rukken en lang aanhoudende vlagen. Als het touw het niet hield kon het moeilijk worden. De spant onder de roef kraakte gedurig terwijl de schuit midden op de rivier voortschoot. Hij voelde dat hij een klein ding was op dit water en hij keek ernaar, zoals hij altijd deed wanneer hij hier voer, maar voor het eerst met het besef dat ook hij eens op de bodem kon liggen. God zou hem zijn rustplaats wel geven.

Voor Dordrecht was hij de enige die er voer. Maar hij moest de wal maken, hier op de vlakte werd de wind te kwaad om mee te spelen. Schippers stonden op de kade toe te schouwen. Toen hij vastlag kwam een oude man nader en zeide: Je moet je schamen, het lijkt wel of je je einde zoekt.

De schuit had zich goed gehouden, maar toen hij de vloer van de roef opnam vond hij een scheur in de spant. Het gekraak was gedurig te horen. Hij dacht dat het niet erg geweest zou zijn als hij van de erfenis iets genomen had om die kleine herstelling te betalen, maar daar was al over beschikt, dus moest het weer uit de spaarpot komen.

Met een kleine vracht kisten en balen voer hij bij zonnig weer het Spaarne op en hij vond ligging aan dezelfde wal waar hij voor jaren Wuddink en Koppers had ontmoet, de iepen stonden dun van bruin blad. Hier had hij veel beleefd, de stad was hem vertrouwd. Voor de lantaarns op waren klopte hij in het hofje aan, maar een vrouw kwam zeggen dat de mensen al naar bed waren, Gees had geen geduld om bij het koffielicht te zitten.

Vroeg op de zaterdag zond de kruidenier op de hoek van de Gasthuisvest zijn jongen om de vracht te halen en Rossaart was heel de morgen bezig met schrobben en poetsen. Gees zat voor het venster te lezen met een grote bril dicht over het boek gebogen. Zij keek op, zij lachte en maakte vlug de voordeur open. Van opwinding liep zij heen en weer van de kast naar de tafel, de uitroepen van blijdschap herhalend: Rossaart, man, wie had dat gedacht! En toen zij eindelijk zat en hem lang aankeek: Ja, wij veranderen allemaal, dit aardse huis waar wij in wonen is niet bestendig. Maar hoe kan dat ook. Denk je dat de bewoner altijd dezelfde blijft? Ik zou het niet durven zeggen, want als ik terugdenk aan wat ik vroeger was, met mijn koppigheid en mijn overtuiging dat een ander het niet zo goed wist als ik, dan vraag ik mij af of dat dezelfde Gees was. Ik weet wel dat je zeggen zal: wat je gelooft, dat ben je. En dan ben ik nog dezelfde, al is er in het geloof wel wat veranderd. Ik lees nog altijd hetzelfde boek, zoals je ziet, en één van tweeën: óf mijn verstand begint mij te begeven, óf daar staat niet wat er eigenlijk gezegd is. Maar dat doet er ook niet toe, het is niet de stichting waarom ik lees, want het voornaamste weet ik allang en dat geloof ik nog altijd. Ik leef met God in eendracht, dus ben ik niet veranderd. Behalve, zoals ik zeg, het aardse huis, dat wordt bouwvallig. Van jou zou men dat niet zeggen, al ben je ook bijster mager geworden. Toch zeggen je kleren dat je het niet kwaad hebt, je ziet eruit of je vrouw knap voor je zorgt.

Aan je mond is zeker niets veranderd, zeide Rossaart, maar laat een ander ook eens praten. – Hij vertelde kort hoe het hem gegaan was al die jaren en toen hij zweeg bleef zij een poos in stilte naar hem kijken. Hij legde het geld op de tafel: En dat is voor je brand met de winterdag, dan hoef je niet van de kou te lijden.

Haar stem klonk zachter, zij sprak langzamer. Dank je, Rossaart. Weet je waar ik aan dacht? Waar hadden wij de broederschap aan te danken? Het is lang geleden dat God de harten heeft gemaakt. De mensen sterven en worden koud, maar de warmte wordt van de een aan de ander voortgegeven. De broederschap heeft bestaan al van die oude tijd, al denk je soms dat de mensen het weer vergeten hebben, en telkens zal het weer nieuw opkomen. Wuddink had het in zijn hart. Zolang hij leefde trok het de mensen aan, hoewel er toch niets bijzonders aan hem te zien was, en hij niemand dwong, en niet eens de macht had van het spreken. Het was gewoon wat hij zei, niet anders dan wat een elk hier in dit boek kan lezen. Maar in hem was het levend en dat verstonden wij. Je kan ervan opaan, zoals hij het gezegd heeft: uit Hem, door Hem en tot Hem zijn alle dingen, zo leeft het nog bij veel van onze vrienden waar wij nooit van horen, en zij geven het in stilte verder. Jij bent de enige van wie ik het zie, maar er zijn ook anderen.

Toen zij hoorde dat Rossaart met zijn schuit op dezelfde plaats lag waar hij Wuddink had leren kennen, zeide zij dat zij morgenochtend bij hem kwam en de pot zou koken.

Het was stil op straat, het regende en langs de vest vielen de gele bladeren in het water. Gees kon maar langzaam gaan aan de arm onder de paraplu. Op de Turfmarkt keek zij rond. Is dat de boom waar hij tegen je stond te praten? Lag zijn schuit daar net zoals deze? Je mag dan wel Rossaart zijn, maar je hebt hetzelfde hart. – En toen zij, voetje voor voetje over de natte plank geholpen, in de roef stond, begon zij weer te praten, haar stem klonk aanhoudend terwijl zij met ketel en pot bezig was: Je hebt een mooie schuit, goed in de verf, een mooie woning. Als ik niet te oud was zou ik best met je mee willen varen, maar je zou meer last van mij hebben dan nuttigheid. Hoe zou het toch komen dat ik niemand om je heen zie? Ik begrijp het niet. – Zij at en keek naar buiten waar nu de kerkgangers haastig in de regen liepen, de klok hield op met luiden. En zij sprak weer mijmerend: Marie zal het ook wel niet begrijpen. Er zijn mensen van wie het beste verborgen blijft als er geen reden is dat het buiten komt. Ze denken van je dat je een stugge man bent, los van de wereld, je zegt weinig en in je binnenste denk je aan wat anders.

Je wordt stijf in je rug, zeg je, morgen kan je toch niet meer varen, waarom neem je geen huisje? Ik denk dat het dat is waar Marie op wacht, want als een vrouw zoals zij dat overkomen is, komt zij de schrik van het water toch niet meer te boven.

Toen zij naar huis ging vroeg hij of zij hem nog eens op wou zoeken, het had hem goed gedaan een vrouwenstem in de roef te horen. En Gees kwam nog enige keren. 't Is goed van je aan mij te denken, zeide zij, maar denk ook aan jezelf.

Vroeg de kaars uitgeblazen en onder de deken, lag hij met open ogen, buiten klonken voetstappen op de keien en de klokjes van de toren speelden evenzo als hij ze vroeger in eenzaamheid gehoord had. Eerst in deze dagen merkte hij de stilte, hij zou het praten nog verleren als hij geen aanspraak had. Gees had het gezegd, hij werd een stug mens, zonder iemand die hem aanhing, en het was niet altijd zo geweest.

Die winter voer hij weer in het Noorden, maar het ging langzamer want aan het trekken was hij niet meer gewoon en het vermoeide hem in de lendenen. In Smilde, stil liggend om aan de schuit te timmeren, overviel de jicht hem, twee weken kon hij geen werk doen en zat hij in de roef voor het kacheltje, gewikkeld in de deken. Toen het weer zachter werd teerde en verfde hij, en hij kocht een vracht turf, maar hij moest een jongen nemen om hem te helpen tot Kampen. Het werk viel zwaar, hij hoopte dat de zomer vroeg mocht komen. En waar hij voor de wal lag keek hij uit of er een tjalk te koop was, hij vroeg naar prijzen en 's avonds zat hij te rekenen of hij voor de volgende winter het bedrag bijeen zou hebben. In december zag hij een nieuwe tjalk, licht, met een hoge roef, vrolijk wit en groen geschilderd en wel ingericht, en de schipper antwoordde dat hij er wel over dacht te verkopen omdat zij hem niet loonde voor zijn groot gezin, maar Rossaart zou het ook niet zonder knecht kunnen doen. Zij zouden in het najaar nog eens spreken.

Het eerste groen sproot aan de bomen toen hij op de Merwede lag en het land van Gorkum was dampig van de vele regens. Sedert de kostvrouw vertrokken was woonde Marie alleen in het huisje, zij zat in haar zwarte japon te breien en keek verrast. Rossaart, zeide zij, ik heb van de winter veel nagedacht. Er is van allerlei moeilijkheid voor ons geweest, je weet het zelf wel, de godsdienst was tussen ons van het begin af, dat heeft eigenlijk het trouwen in de weg gestaan. Maar alle zwarigheden zouden niets geweest zijn zonder de grote slag. Van die dag af heb ik mijn troost gezocht waar ik geleerd heb het te zoeken en daar kon je niet met me meegaan. De gebeden hebben mij eindelijk rust gegeven. Ik heb wel altijd ingezien dat ik je te kort deed door je alleen te laten varen, het wordt nu zes jaar, maar ik kon niet anders. Ik bad niet alleen voor mezelf. De heilige Moeder heeft mij te verstaan gegeven dat ik moet dragen wat op mijn schouders was gelegd. Mijn hart had jou verkozen en het is nog voor jou zoals vroeger, dus mag ik je niet alleen laten zwerven in je moeiten. Ik kom weer bij je.

Hij zat rechtop met haar hand in de zijne, maar hij kon niet spreken. En heel die middag gaf hij kort antwoord op haar vragen. Eerst toen hij weg zou gaan vroeg hij of zij zich goed genoeg voelde voor het leven met ongemak, hij kon ook wachten tot de mooie tjalk die zij in het najaar zouden hebben, beter dan zich nu te behelpen zou zij varen met een ruim nieuw schip. Maar zij wilde niet, en op de eerste dag die zij vrij had zou zij komen kijken wat er in de roef te doen was.

Rossaart lag voor Workum waar hij gelost had en hij dacht er niet aan naar de overkant te gaan, het was al zoveel jaar zijn gewoonte niet voor zijn eigen stad te liggen. Op een middag staken zij samen over met het veer. De lucht van donkere wolken hing laag over de groene oevers, de wind scheerde met vlagen over de rivier, rukkend aan het zeil, en joeg het water soms spattend over. Marie zeide dat het schommelen haar wee maakte, misschien omdat zij zo lang niet gevaren had, zij hield de ogen neergeslagen op het bewogen water en zij voelde zich verlicht toen zij van de steiger weer op de grond stapte. Rossaart ging haar voor de plank over, hij zag niet hoe voorzichtig zij hem volgde, hij zag niet hoe onzeker zij de voet zette op de smalle treden van de roef waar hij de deurtjes open hield. Is dit onze roef? zeide zij zacht. Zij zette zich op het bankje en keek rond. Je hebt het netjes gehouden, alles blinkend en geschuurd. Maar wat is het klein voor zo'n grote man.

Het water klotste tegen het boord en de schuit trok aan de touwen. Zij opende de kast en keek het aardewerk na, zindelijk maar versleten, en soms wankelde zij zodat zij zich vast moest houden. Het zal wel wennen, zeide zij.

Hij was even naar buiten gegaan en terugkerend zag hij dat zij aan de schraag zat met het hoofd in de armen. Hij hoorde een zucht, dan haar stem, zacht of zij zich bedwong: Ik smeek u vergiffenis, maar ik kan niet, ik kan niet. Maarten, als je me op een andere schuit gebracht had, dan had ik misschien gedurfd, maar hier niet, hier durf ik het water niet aan te zien. Ik weet niet wat het is dat ik zo zwak geworden ben, ik heb mijn best gedaan het te overwinnen en mijn plicht te doen. Maar het is de afgrond waar ik voor sta. Ik zou geen slaap meer hebben, ik zou overboord vallen of ik getrokken werd. Niet op deze schuit.

Zij hield de handen voor zich, met verschrikte ogen, of zij terugdeinsde voor wat zij zag. Toen liet zij het hoofd vallen op zijn borst en was stil. Wij zullen wachten tot wij een ander schip hebben, zei hij. Dit is ook niet goed voor je.

Na een poos richtte zij zich op: Ik zal bidden om moed, want ik ben zo zwak geworden. Ach man, ik kan het je niet alles zeggen. Laat mij niet alleen met het veer teruggaan, mijn schrik ligt daar op de rivier. Dat het er ook zo donker kan zijn.

Hij bracht haar naar huis, zij spraken niet meer. Het water blonk hard als staal.

Toen hij de roef weer binnenkwam was het hem of hij zich hier meer vertrouwd voelde. Het was gedaan, er zou geen nieuw schip meer nodig zijn. De schuld was niet aan hem dat hij er nog geen gekocht had en ook niet aan de oude schuit.

XIV

Jaren voer hij enkel op Lek en Waal en als hij een vracht kon vinden tussen Nijmegen en Dordt deed hij dat het liefst, ook al gaf het minder loon, want op de Lek was het nu drukker van de houtvlotters en hier op het brede water voelde hij zich thuis. Hij had vaste klanten, die zomin als hij van praten hielden, zij legden hun zakken op de wal neer en wisten dat hij ervoor zorgen zou zonder dingen om een stuiver. Hij kende er ook de stromingen aan bochten en ondiepten beter, het was er moeilijker varen en in herfst en winter scheen het er donkerder dan op de Lek, maar daar waar de rivier Merwede werd, waar het water tegen zichzelf begon te stuwen naar de killen, voelde hij altijd een verlichting over zich. Van Bommel af was het of de stramheid minder werd, of de hand vaster op de roerpen lag. Van daar af keek hij ook scherper naar de dijken. Bij hoog water voer hij dicht onder de oever en wanneer de mensen, die hem kenden, hem voorbij zagen gaan met de fok alleen, werd er gezegd dat de rivier zeker stijgen zou. De Waterman, zeiden dijkwerkers en vissers, en zij vertelden wat zij gehoord hadden, de man die rijker was dan hij zich voordeed, als je wat nodig had vroeg je het maar; de man die zijn mond had verloren, van God vergeten, hoog water als je hem vlakbij zag. Dan zeiden de kinderen die in de modder speelden: Dat is de man die kwaad weer brengt, daarom wil niemand met hem varen; hij brengt turf en hout voor arme mensen. En kijkend naar het zeil en de gestalte, langzaam voorbijgaand over het grauwe water, riepen zij: Sinte-Maarten, geef ons turf en hout! Hij bewoog zich niet en keek recht vooruit. En zelden zag men hem aanleggen voor de avond al viel. Rustig kwam de schuit in het donker op de wal toe en hij riep niemand aan om het touw te grijpen, maar hij sprong en soms zakte hij met blote voeten van boord, ging door het water en trok. In Gorkum kwam hij wel met het veer en hij voer ook op het kanaal, maar hij legde er niet meer vast. Wanneer hij daar verscheen, in de avond komende uit de smalle steeg, werd hij wel nagekeken, maar er waren nog weinig mensen die hem kenden.

Op een dag werd gezien dat hij niet alleen voer, maar een hond bij zich had.

Een schippersvrouw in Nijmegen had gezegd: Altijd alleen zoals een kluizenaar, zonder kind of kraai, dat kan niet goed zijn voor een man die al op jaren komt, dat maakt je zwart in het gemoed. Neem dan tenminste een hond aan boord. – En haar kind had er een uit het nest gezocht en op zijn schuit gebracht, hij heette Best. Het dier sprong en beet aan touw en hout uit speelsheid en als het te eten kreeg zat het Rossaart aan te kijken. Het leerde gauw rustig te zijn; eerst sprong het nog heen en weer wanneer de schuit voor de wal ging, maar allengs minder, tot het bleef zitten en alleen maar de kop hief. Best, wit met grauwe vlekken, had de aard van de keeshond, wantrouwig, stug, zonder brom of dreiging, met weinig blaf of kwispel, alleen te vertrouwen voor de baas en wie van de baas vertrouwd werd, een hond voor een enkel mens. Rossaart leerde hem gauw begrijpen. Terwijl hij losmaakte en het zeil hees zat de hond voorop, maar zodra Rossaart bij het roer bleef staan kwam hij bij hem en ging liggen met de kop tussen de poten. Zo voeren zij uren lang. Soms keken zij elkander aan. Soms, wanneer Rossaart scherp tuurde, richtte Best de kop op en de neus bewoog. Hier Best, wanneer hij brood of water gaf, was het enige wat hij zeide en het deed hem goed de mond te openen. 's Avonds wanneer hij de deuren toedeed om te gaan slapen, klopte hij hem op de rug en hij dacht: het stomme beest weet niet dat hij hier weer leven brengt. Wanneer hij aan wal ging om in een winkel iets te kopen, zette Best zich op zijn plaats bij de plank, maar soms riep Rossaart dat hij mee mocht, dan sprong hij en kwispelde en rende, en dan hoorde Rossaart hem ook blaffen, ook wel grommen tegen een voorbijganger en hij was graag op vechten. Maar toen hij er eens een klap voor gekregen had liet hij het vechten en ging een hond voorbij met de nekharen overeind. In de zomer wilde Rossaart hem te water laten, maar Best zwom haastig naar de kant, schudde zich en kwam niet bij hem, en van die dag bleef hij ook schuw wanneer geschrobd werd. Wanneer hij zag dat de baas, de schuit aan de oever liggend, om het boord te teren er wadend langsging, liep hij onrustig heen en weer met een klein geluid van janken. Al even bang als de mensen, dacht Rossaart.

Maar bij de overstroming van de volgende winter bleek hoe de hond hem begreep.

Het had in het najaar lang geregend en schippers van keulenaars berichtten al in het begin van december buitengewone was hoger op de Rijn. Toen Rossaart van Nijmegen vertrok zag hij dat het dit keer kwaad zou lopen. Voor Workum koos hij ligplaats achter de muur aan de Maaskant. De vorst trad plotseling hevig in met een snerpende wind die binnen een dag de grond steenhard maakte en de nacht daarna al een korst op het water bracht. Twee dagen later lag de Waal dicht met rimpelig ijs, waarover de wind een sneeuw begon te drijven in grote dikke vlokken. Toen minderde de wind en uit de lage lucht viel onophoudelijk de sneeuw, het werd een wijde sneeuwvlakte waarin de huizen klein gedoken lagen met hun pluimpjes rook. Voor Kerstmis draaide even plotseling het weer met een flauwe wind die eerst motregen bracht, dan, toenemende tot onstuimigheid, overvloedig regen en sneeuw dooreen. Onder Rijswijk barstte het ijs, het zakte en in het midden stak een snelle stroming op. Toen kraakte het verder en stuwde over de grienden van het Munnikenland, de jonge boompjes braken onder het ijs. Op een morgen zag men dat daar mensen stonden, rietsnijders en vissers hakten hun boten vrij en sleepten ze op Loevestein waar het ijs nog sterk lag.

Die gered waren gaven bericht van de onrust onder het volk benedendijks in de Bommelerwaard. De tweede dag na nieuwjaar voeren er schippers heen over het Munnikenland, nu blank staande, een vlakte stil water waar de zwarte bomen uit staken en enkele huisjes nog wit bedekt. Rossaart liep over de dijk, soms daalde hij af en ging een eind aan de buitenkant, het ijs brak onder zijn voeten, maar de berm was nog hard van de vorst. Er was niets veranderd aan de dijk bij jaren her, behalve dat hij hem lager scheen en er op plekken nieuwe boompjes geplant waren voor de oude. Het gevaar was nader dan hij gedacht had, want er klonk een doffe knal niet veraf en aan de overkant zag hij een hoge schots uit de vlakte steken. Daar liepen veel mannen af en aan, daar had men groter voorraad voor de nood. Hier was men achter. Voor het huis, waar zijn grootmoeder gewoond had, stonden drie mannen, de dijkwacht was die eigen middag pas uitgezet. Hij hoorde dat er verderop bij het Huis versterkt werd, dat was nog evenals voorheen de zwakke plek van Brakel. In het dorp waren de mensen bezig hun huisraad weg te dragen naar het nieuwe schoolgebouw en jongens dreven het vee in de richting van Poederooy. Voor het gemeentehuis stond een grijze gebogen man geleund, die hem aanriep en horende wie hij was, zeide: Wel, je weet ervan, het komt hier eerder dan ze denken. Als je nog iets doen wil heb ik wel een spa voor je, maar veel helpen zal het niet. Het verdorven geslacht heeft niet willen leren, er lopen er heel wat rond die je morgen niet meer zien zal.

In de vroegte bezweek de dijk bij het Huis, maar het water vloeide langzaam binnen. Mannen liepen van de ene naar de andere woning om ouden, zwakken en kinderen naar de school te dragen, er waren daar meer dan honderd mensen bijeen. Die rondgingen om van de zolders brood en voorraden te halen, stonden bij de middag al tot de knieën in het water, velen gaven het op en er was maar één kleine praam. Voor de schemer, met twee jongens terugroeiende, keek Rossaart uit waarom de hond zo blafte en uit een dakvenster zag hij toen een hand bewegen. Daar werd een doofstom kind vandaan gehaald. Voortaan lette hij op wanneer het dier aansloeg.

Aan de overkant van de rivier brandden de pekkransen rechts en links, daar hield de dijk het, maar de Merwede was kwader op de linkeroever en gedurende de nacht hoorde men het knallen steeds meer nabij. De volgende dag werd er gezegd dat er in afgelegen woningen langs de Meidijk nog velen in nood verkeerden. Drie boten met schippers en hun knechts, van Workum gekomen, voeren erheen, Rossaart ging mee. De boeren ondervonden weer dat er om te redden geen beter volk dan schippers was. Van een kleine hofstede werd gedurig klagend uit het dak geroepen, een muur was neergekomen en door de balken die er uitstaken kon de boot niet dicht genoeg naderen. Het water was nu te hoog om erdoor te gaan, behalve voor een man van grote gestalte, maar hij moest tegen de koude bestand zijn en sterk genoeg om tot de borst in het water een last te dragen. Rossaart en een jonge schippersknecht gingen erin, samen stelden zij de ladder op en brachten zes mensen en kinderen af. Wegens het gejammer waadden zij nog verder en vonden op het hooi in de stal het lijk van een oude vrouw. Met zijn achten en de dode in de kleine schuit duurde de vaart naar Poederooy tot de schemer. Daar stroomde de Maas en joeg de schotsen tegen en over de kleine woningen; hier en daar op stukken van de dijk stonden de koeien bij elkaar, bulkend met de kop gestrekt. In het slot, waar tweehonderd zielen verzameld waren, werd gezucht en gehuild, gevraagd, geroepen en luid gebeden. Rossaart hoorde dat een van de schippers, die morgen samen met hem uitgegaan, met het ijs was meegevoerd. Er was een man uit Zuilichem uitgezonden om hulp te zoeken, want daarginds was men voor verscheiden plekken beducht, er kwamen handen te kort op de dijkwachten waar dag en nacht gewerkt werd, voor Gameren en verderop drongen hoge wallen van ijs. De Bommelerwaard had in lang niet in zulk gevaar verkeerd. Maar hier was geen man te missen, zij konden nodig zijn eer de schuiten kwamen om hen naar de droge kant te brengen. Behalve Rossaart en de jongen, met wie hij die dag gevaren had, kon niemand gaan.

Die morgen viel er weer regen, koud en hard als hagel, terwijl zij dicht onder de dijk roeiden, die nauwelijks een paar voet boven stak. Aan de andere zijde lagen de woningen met open deuren, verlaten en stukken huisraad verspreid op het pad. Tot in de verte was het eenzaam land, grauw met wat sneeuw onder de grauwe lucht. Aan de Waaldijk, waar zij de boot op het droge trokken, werd gewerkt, ploegen waren bezig niet ver van elkander met pikken en houwelen, vrachten rijshout over de schouders dragende, de paarden trokken de karren moeilijk voort. De baas gaf geen ander antwoord dan dat het werken voor niets zou zijn, van hier tot Nieuwaal lagen zeker zes plekken die men dadelijk kon zien breken, en het ijs was nog maar in het begin van zijn opkomst. Voor het dorp zag Rossaart het zelf, daar lagen de schollen al over de dijk en daarachter stuwden andere aan, de grote over de kleine dringend, soms teruggedreven door bredere stukken eronder, tot zij in het midden steigerden, barstten en kraakten en zich opstapelend met langzaam geweld weer naar de oever kwamen. Vrouwen en kinderen liepen haastig, stil, met meubels en beddegoed naar de karren, want het schoolhuis was al vol en menigeen vertrouwde het niet nu het zich zo erg liet aanzien, zij wilden naar Bommel, zij wilden naar Hedel, zij wilden weg van het aankomend water. Anderen stonden zwijgend in de regen alleen maar te kijken.

Rossaart en de jongen werkten voorbij Zuilichem. Een man

riep telkens wanneer hij de kruiwagen grond had uitgestort: Mensen, wat heeft dat te beduiden, denken jullie daar wel aan? 't Is Gods hand die ons voor onze zonden slaat. – Maar ze antwoordden niet en gingen voort met werken. Tegen donker kwam er een nieuwe ploeg om hen af te lossen voor enkele uren, dan moesten zij terugkeren, hoewel een ieder wist dat het misschien niet nodig zou zijn. Toen zij gegeten hadden zeide Rossaart dat het geen nut had hier de nacht door te brengen, zij deden beter de boot in het oog te houden. Met de lantaarn liepen zij over de dijk, het ijs stak boven hun hoofden, er lagen brokken op de grond en even voorbij het laatste wachtvuur zagen zij een scheur met de wortels van een boom losgewerkt. Zij liepen terug, zij waarschuwden de wacht en hielpen, daar werd een nieuw vuur aangestoken en het zwoegen met spaden en kruiwagens ging weer voort. Alleen het knallen, het kraken en storten van het ijs en het geruis van de regen was in de nacht te horen.

Rossaart droeg zelf de lantaarn en hield de jongen aan de arm, die onzeker liep, met hangend hoofd van de slaap, toen hij ver weg een klok hoorde luiden. Hij stond stil, keerde zich om en hoorde een andere, dat moest die van Zuilichem zijn. Hij aarzelde wat te doen, teruggaan meer dan een half uur met de slaapdronken jongen of de boot zoeken en het morgenlicht wachten, dat wel gauw zou komen. Hij zette de hand aan de mond en riep de mannen, maar er kwam geen antwoord en het vuur scheen lager. De hond blafte enige keren en kwam dicht bij hem. De klokken luidden nog.

Toen het begon te schemeren stapte hij weer uit de boot, sprong op de dijk en tuurde rond. Ginds stak het torentje uit een gloed van vuren, rondom en ook daarachter was de lucht roodachtig. Zijn buis hing stijf en nat, hij voelde pijn in de gewrichten van het zittend dommelen en hij vreesde dat hij onnut zou zijn, maar er kwam een warmte in hem op en hij snoof diep. En met gevouwen handen bad hij.

Dan schudde hij de jongen wakker, samen trokken zij de boot op de dijk. Nu maar wachten, zei hij, het zal er gauw genoeg zijn. – Onder de zware wolken werd ginds bij het dorp de grijze streep duidelijker en breder. Het geluid van vee in nood klonk veelvuldiger. De jongen liep stampend heen en weer en klopte zich warm. Rossaart tuurde onbewegelijk. Maar hij hoefde niet lang te wachten, want op het dijkstuk nabij, waar zij in de nacht gewerkt hadden, viel een boom voorover, grote schotsen stegen eroverheen, de kruin scheurde en zakte of het maar een laagje modder was en donker water vloeide neer, eerst langzaam dan vlugger en breder. Zij trokken de boot op het land aan hun voeten en binnen het uur konden zij bomend voort. Het was de eerste boot die in Zuilichem kwam. Uit de bovenvensters van het schoolhuis werden zij aangeroepen, de mensen wisten dat hij schipper Rossaart was, de man die al voor jaren bij watersnood geholpen had, en telkens klonk zijn naam: Rossaart, ga daar eens kijken! of: Ach, Waterman, zoek mijn vader toch, hij is daar of daar. – Zij roeiden, en toen de jongen niet meer kon, roeide hij alleen. Er werd hem toegeroepen naar Nieuwaal te gaan zien of daar nog schuitjes waren, of men daar nog brood kon geven. Maar hij voer rustig rondom iedere woning en waar het kon klom hij naar het dak, hij vond alleen nog maar een kind dat een vogelkooitje in de hand hield. Na de middag eerst vroeg hij wie er met hem mee kon gaan, er kwamen twee mannen de ladder af en Rossaart zette hen aan de riemen.

Hier en daar verspreid in de polder waren, bij slecht zicht door de regen op de watervlakte, de daken moeilijk te onderscheiden, zij tuurden of zij iets licht konden zien van de ijsschotsen die ertegenop stonden en roeiden daarheen. Naderend hoorden zij roepen, soms zwak en klagend, soms dringend en soms wanhopig; dan blafte de hond, onrustig heen en weer springend op de bodem; dan werd het roepen daarbinnen luider, de hond blafte voor de knieën van Rossaart, of hij het wel hoorde, en wanneer Rossaart overboord stapte en zocht hoe er geholpen moest worden, blafte hij gedurig met de kop naar het dak geheven. Eens sprong hij zelf in het water en waar hij blafte daar vonden zij op een koestal een verkleumde jongen. Die dag voeren zij tweemaal heen en weer met geredden en de volgende roeide Rossaart alleen naar Bommel. Heel de waard stond blank, met twintig dorpen onder water, men hoorde steeds grotere getallen van mensen en vee verdronken en nog kwam het ijs in hogere stapels op. De mensen zaten dicht bijeen met hun pakken in de pramen die hen naar Maas en Waal brachten, jammerend, biddend, luisterend naar hetgeen verteld werd over de koning, die in Tiel geweest was en hulp beloofd had voor de ramp.

Vroeg in de morgen voer Rossaart uit om te zoeken of er in afgelegen hofsteden nog mensen waren. De lendenen en de benen waren stijf, maar in de armen had hij een nieuwe kracht, de boot gleed vlug bij iedere slag van de knarsende riemen. Toen hij terugkeerde riep hij dat er nog andere boten moesten uitgaan, want er waren er veel te halen. Bij de tweede keer dat hij mensen aanbracht hoorde hij roepen: de Waterman. Een vrouw gaf hem warme koffie, de burgemeester en de dijkgraaf ondervroegen hem waar hij ze gevonden had, dat waren plaatsen waar niet aan gedacht was in de verwarring, huisjes waar meest ouden woonden, die niet hadden kunnen vluchten of niet gewild hadden, vertrouwend op God. Hij zeide dat hij soms niets zag of hoorde, maar als zijn hond aansloeg ging hij niet verder eer hij het dak had opengeslagen, dan vond hij er een of twee, en het gebeurde wel dat hij ze met geweld in veiligheid moest brengen, zo vast geloofden zij aan Gods wil en kastijding. En toen de burgemeester andere mannen had opgeroepen om op verdere plaatsen te zoeken nam Rossaart de raad om te rusten op de zolder van het dijkhuis waar een kachel brandde. Hij legde er zijn schoenen te drogen en hij viel in slaap.

Het was donker toen hij wakker werd door gerucht van stemmen, bij het licht van de kandelaar aan de wand zag hij dat allen uitgestrekt lagen op het stro, behalve twee mannen naast hem, die rechtop zaten. De een zeide dat er tussen Hurwenen en Driel nog velen in nood waren, de ander vroeg hoe het in Maas en Waal mocht zijn, want hij had gehoord dat de dam bij Leeuwen op doorbreken stond. Rossaart richtte zich op, hij merkte dat de knieën verstijfd waren; bij de kachel vond hij de schoenen en de hond die ernaast lag. Op het portaal, op de trap zaten mensen, gebogen, slapende. Aan de voordeur stond een man met een peilstok en toen Rossaart vroeg of de boot er lag, of hij een lantaarn en een bijl kon krijgen, zeide hij: Man, je bent toch wel zo wijs om niet met donker op de zondvloed te gaan? Nog een uur of vier, dan is het weer dag. – Maar in die tijd zijn er mensen verdronken, antwoordde hij. En hij kreeg lantaarn en bijl, met een stuk brood en een keteltje koffie.

Hij roeide met het gezicht vooruit, de huizen waren donker in het water dat tot de kozijnen stond, aan een enkel dak zag hij een flauw schijnsel. Bij de laatste woningen nam hij op het gevoel de richting waar de dijk moest zijn en weldra kwam hij aan de boomtakken die op geregelde afstanden boven staken. Hij kon maar langzaam voort en bij wijlen raakte hij vast in zo veel ijs dat hij dacht of hij wel verder kon. Er ging weinig wind, koud en nat. De riemen plasten, de droppels glinsterden rood in het donker. Het was hem of hij nooit zo dicht bij het water was geweest. De armen bleven sterk met de wil om er de baas over te zijn, maar bij iedere slag ging er een scheut van pijn door de lendenen, hij voelde dat hij te oud was voor zulk werk, hij zou het straks wel moeten opgeven. Plotseling stiet de boot en de lantaarn ophoudende zag hij dat hij voor een stal was, het strooien dak was opengerukt. De lantaarn was te groot om binnen te steken, hij riep verscheiden keren, het bleef stil, maar de hond begon te janken en toen hoorde hij niet veraf een stem zoals van een kind dat huilt in de slaap. Langzaam roeide hij voort, al roepend en luisterend, en hij kwam nader tot de stem. Hoewel hij meer dan twee el van de boot nauwelijks iets onderscheiden kon, merkte hij dat hij in een boomgaard voer en hij had een gevoel of de plaats hem bekend was. De hond blafte weer, het geschrei werd duidelijker en hij nam de richting waarheen het beest de kop gewend hield.

Rossaart hoorde: Waar ben je nu? Kom dan toch! met een kleine jammerende stem. Hij riep, hij zette de riemen aan. Een afgescheurde muur stond voor hem, maar de boot schuurde over stenen en bleef vast. Toen stapte hij in het water en hij trok de boot naderbij, steeds roepende ten antwoord op de stem. En hij tastte langs de muur, in de andere hand het licht houdende, en plotseling werd hij bij de mouw gegrepen. De stem boven hem riep: Ik zie je wel, Waterman, onze oude Waterman. Dan zocht hij stenen en stapelde ze op onder de voeten tot hij aan het venster kon reiken. Het was geen kind dat hij greep en naar zich toe trok, maar een oude man, klein en mager, licht op zijn schouders. Ken je me niet? vroeg hij, het is toch niet de eerste keer dat je in Hurwenen komt. De kolk ligt er nog altijd en diezelfde dijk is al zo dikwijls stuk gegaan en dan moest ik altijd aan je denken; die Waterman heeft het wel gezegd, jullie verdrinken omdat je je geld te vast houdt, maar als de nood komt om ons te straffen zal God hem wel zenden. En nu zit ik op je schouders, maar ik heb het altijd wel geweten, als wij zo dom zijn die dijk niet te maken, dan is hij er nog altijd om op te vertrouwen. Mijn huis is nu toch weg, ik ben alles kwijt en daar is niets meer aan te doen.

De oude man ging voort te praten in de boot en terwijl hij roeide herinnerde Rossaart zich wie hij was, de boer van Hurwenen die bij het dijkbestuur hem voorgesproken had toen hij nog een jongen was. Hij antwoordde niet, hij had alle inspanning nodig om voort te komen, want de steken in de lendenen werden zo erg dat hij vreesde de riemen neer te moeten leggen en er was nergens hulp. Toen hij bij het grauwen van de lucht de stad naderbij zag komen wist hij wel dat hij die dag niet meer uit kon. Hij had weinig gedaan en zijn tijd was voorbij. Uit de vensters riepen mensen en de oude boer riep met zijn gebroken stem terug van: de Waterman! mensen, haast je wat, er zitten er nog meer om te redden.

Rossaart legde aan bij het dijkhuis en met moeite ging hij de trappen op. Hij kon niet liggen, hij zat tegen de wand geleund.

Later in de morgen kwam de burgemeester die hier en daar met de geredden sprak. Hij bleef ook bij Rossaart staan en hij zeide dat de koning ervan zou horen wat hij voor de naasten gedaan had, die zou het zeker belonen. Rossaart antwoordde niet en zei geen dankje.

XV

Wie op de rivieren ging zag van de vroege lente tot in de winter aan de oevers veel mannen aan de arbeid, in rijen achter elkander met paard en kar en hier en ginder op de gevreesde plekken in troepjes om de stoommachine. Eerst scheen het of de Waal breder werd toen de bomen gekapt werden en de dijken er lagen kaal en klein aan de wijde landen en de wolken. Dan zag men er de vlotten aan de kant, heien opgericht, schuiten met steen geladen, en allengs verschenen van afstand tot afstand de dammen en de schoeiingen, allengs rezen de dijken met hoger kruin en breder glooiing, glad en regelmatig. Op het water lagen de nieuwe moddermolens met hun rokende pijpen en de bakken ernaast, en wie er na een maand terugkeerde vond ze maar weinig van plaats veranderd, maar waar zij gelegen hadden ging de stroom rustiger voort. De Maas bij Workum werd smaller, zelfs bij hoog water stak de punt van het Munnikenland boven, hecht in steen gezet. Binnen drie zomers al bleek hoe de rivier, die meer dan een halve eeuw die streken geteisterd had, zich gedwee liet leiden door mensen die begrepen hoe zij stromen moest, en toen zij in een winter weer toegevroren was, kwam er een stoomboot die haar van de knel bevrijdde. Voortaan ging de stroom geëvend tussen de uiterwaarden, zonder hinder van platen of ondiepten waar het riet uit stak.

Het werd ook drukker in die dagen van schepen af en aan, lange aken die de keien brachten, tjalken diep van de stenen, schuiten bevracht met paaltjes, rijshout of riet, en op sommige punten verschenen de eerste veerboten met schoorsteen en schepraderen, breed, sterk gebouwd, die bij het ruwste weer konden varen. Voor de schipperij was het een goede tijd, er gingen veel nieuwe zeilen, en oude schuiten werden zeldzaam.

Eén was er die geregeld voer tussen Dordt en Nijmegen, later niet verder dan Tiel, de kleine schuit van Rossaart, donker van ouderdom, hoewel steeds glimmend van vers teer, de roef en de hoge roerpen helder wit en groen. Schippers op de kade, vissers geleund aan de muur, keken ernaar wanneer zij daar lag, zij hoefden niet te zeggen wat zij dachten. Het hele boord scheen opgelapt met planken en kleine stukken of zij maar tijdelijk moesten dienen en wanneer de luikdelen afgenomen waren zag men de nagelkoppen blinken, de bodem glad en afgesleten. Het was een schuit die allang gezonken zou zijn zonder een schipper die voorzichtig voer, zonder haast. Hij nam geen zware vracht, hij ging niet uit bij onstuimig weer, hij liet altijd anderen voorgaan die door een sluis wilden of ligplaats zochten, dan kwam hij langzaam op met boom of haak en maakte vast op een afstand van de anderen. De hond liep heen en weer, even rustig. Dan legde hij de plank uit en ging, met een korte groet, in de verte starend of hij aan iets dacht. Gewoonlijk had hij binnen een paar uur gelost en de vracht weggereden in drie, vier keer, enige kisten, enige zakken. Daarna was hij bezig, recht zettend, timmerend, schrobbend, maar niemand lette meer op hem, want de mannen op de kade wisten wel dat voor donker de schuit geredderd zou liggen of zij verlaten was, alleen de hond zat dan bij de plank. En meestal was de schuit vertrokken des ochtends voor er iemand op de kade kwam.

In Workum zag men hem meer dan ergens anders. Het was gewoonlijk een zaterdag dat hij er kwam en hij bleef er tot de maandag, hoewel de vracht voor een andere plaats bestemd was. Dan ging hij met het veer en keerde met het laatste van de avond terug. De grijze mannen, die buiten de Waterpoort in Gorkum op de bank zaten, keken hem zwijgend na wanneer hij daar voorbijging; dan wisten zij wel van hem te vertellen, een rare man die altijd anders dan anderen was geweest, een verachter van de wereld en de instellingen, een zondaar gebogen onder de last van de boetedoening; een man die goed werk gedaan had bij de rampen, maar in zijn hovaardij alle beloning daarvoor geweigerd; hovaardig ook omdat hij de rijkdom, door de Almachtige geschonken, verworpen had; hovaardig omdat hij de ware christelijkheid beter dacht te verstaan dan de rechtmatige leraars en zodoende verdwaald was op het verkeerde pad als een blinde en een dwaas. De geschiedenis met de vrouw in de Bloempotsteeg, die hem verlaten had en nog altijd door hem werd lastig gevallen, kende een ieder. Dat was de schande van die schipper en dat was ook de reden dat niemand van zijn verwanten met zo een te maken wilde hebben, dat hij had meegedaan met het slechte volk, gelukkig allang uitgeroeid, dat met de schijn van vroomheid, alsof zij de echte christenen waren, in ontucht samenleefde, alles onder elkaar delende, ook de vrouwen. Hij had ervoor in de gevangenis gezeten. En wat er ook in zijn voordeel gezegd mocht worden, dat hij weldadig was en alles aan de armen had gegeven, het kwaad wreekte zich, hij was nu alleen op zijn oude dag, van iedereen verlaten, een vervallen man zoals men aan zijn zwakke gang wel zien kon, die zijn karig brood verdienen moest met een schuit waar niemand een cent voor geven zou.

Des avonds wanneer er weinig mensen gingen en maar achter een enkele winkelruit de kaars brandde, zagen soms jongens uit de donkere steeg zijn gestalte komen in het licht van de lantaarn, langzaam, moeilijk lopend, een man met een knevel die voor zich keek. Daar heb je hem, zeiden zij en zij hielden op met spelen. En zachtjes vertelde er dan een wat al de jongens wisten in die streek, aan deze kant van de Merwede en ook aan de andere, van een man die verdronken was in de rivier, men zei ook wel een schipper, en altijd 's nachts weer boven kwam en rondliep om te zoeken of hij iemand mee kon nemen om te verdrinken, daarom lagen er al zoveel onder het water. Maar het werd ook anders verteld, van een man in de oude tijd die gevloekt had tegen God en op een avond door de duivel van de dijk was weggesleept, men had de volgende dag zijn steek zien drijven, maar God had medelijden met hem gehad en gezegd dat hij als een geest moest blijven varen, en dan moest hij telkens wanneer er overstroming was de mensen helpen dat zij niet verdronken, hij kon door het water gaan al lagen er nog zulke dikke stukken ijs want hij voelde geen kou, en soms nam hij de gedaante aan van de een, dan weer van een ander; zo kwam het dat hij nu in de gedaante van Rossaart ging, die hier op de Appeldijk was geboren, zoals elkeen wist, maar het was Rossaart niet want niemand in de stad kende die eigenlijk meer. De jongens liepen hem na tot hij voor de Waterpoort in het duister verdween.

Maar met de tijd kwam hij minder in de stad. En ook in Workum werd hij soms in maanden niet gezien, men dacht dat hij verder weg was gaan varen om een vracht te vinden. Het was ook waar dat hij minder te doen kreeg. De weinige klanten die hem uit gewoonte hun vrachtjes bleven brengen, werden oud en hadden zelf minder te doen, zij kwamen ook op de leeftijd dat de een kort na de ander heengaat. Maar Rossaart had nu zeer weinig nodig. Zijn vrouw had gezegd: Als je zo oud bent als ik hoeft een mens haast niets meer te kosten, en zij nam geen geld meer van hem aan. Voor zichzelf behoefde hij niets dan wat brood samen met de hond, wat gerei voor de schuit, nu en dan een eindje kaars voor de zondag in de roef als hij nog eens de Bijbel las. Hoewel hij soms niet meer dan tien mud aardappelen, lege kisten en manden, van Tiel naar Dordt had te brengen, hield hij nog over van de verdienste. En hij vond wel een woonwagen op de oever, een hut van houtvlotters of dijkwerkers, waar een zakje aardappelen of een lang brood graag werd aangenomen. Hij had er ook vrede mee dat het stiller voor hem werd. De schuit kon niet veel meer verdragen, het was al mooi als zij zijn tijd uit nog dienen kon. En voor hem was het werk dat hij kreeg genoeg voor zijn krachten. Het gebeurde wel dat hij ergens een week en langer voor de kade stil moest blijven omdat hij van de pijnen niet op kon staan, hij lag op de matras, wachtend tot het beter zou worden, en de hond die bij hem lag was hem dan een troost in de eindeloze stilte.

Want vrolijk waren de gedachten niet. Wanneer de pijn afliet, maar hij wegens de stramheid nog niet op de been durfde komen, luisterde hij naar het geritsel of het geklots van het water tegen het boord, het geruis van de regen, en zijn hoofd werd wakker van allerlei herinnering. Hoe hij als kind langs de waterkant zwierf en de angst kreeg van iets vreselijks dat daar op de rivier gebeurd was, iets dat hij lang vergeten had maar dat de laatste tijd weer duidelijker terugkeerde telkens wanneer hij voorbij de oude schans voer, een oud gevoel dat hij in die verre dagen gehad had, of er diep onder het water ogen naar hem keken. Hij had wel eens gedacht dat alles anders had kunnen zijn zonder die schrik in zijn jeugd. Het was al erg genoeg voor een kind dat het zijn moeder ziet verdrinken, maar als de ouderen hem dan de vertroosting geleerd hadden in plaats van hem nog harder te benauwen met het besef van schuld en zonde en de meedogenloze straf, zou hij een open hart gehouden hebben. Hij keerde zich af en dat was het begin van de stugheid en de afzondering. Het een volgde op het ander. Ook bij de vrienden was hij nooit de ware broeder geweest omdat hij zich alleen maar gehouden had aan de regels die in het begin hun enige wetten waren, van naastenliefde en alle goed gemeen; dat was gemakkelijk geweest, maar toen er zorg kwam en strijdigheid, zoals het nu eenmaal niet anders kon waar mensen samenwonen, die immers niet allen hetzelfde zijn, had hij zich afzijdig gehouden en de trek gevolgd om alleen te zijn. Hij had aan niets gedacht, omdat het hem genoeg was te doen zoals Jezus leerde. Maar zo eenvoudig was het niet, want men moest rekening houden met anderen, die eveneens van goeden wille waren en toch anders dachten over de christenplicht. Goed gewild, maar dom gedaan, zo was het met hem, en daarom was hij op de oude dag buiten de gemeenschap van de mensen. En zelfs gescheiden van haar voor wie hij alles had moeten zijn. Maar dat was niet helemaal eigen schuld. Geen godsdienst was het, geen wereld die hen scheidde, maar iets dat hijzelf niet begreep, hoewel hij het altijd duidelijk had gevoeld; tussen haar en hem zat het element, het water. Hij was ervan, zij niet. Hij kon het haten, hij kon ertegen vechten, maar hij kon er niet van weg, en zij had alleen maar de vrees ervan. Het had niets gegeven of hij bij haar was gaan wonen op de wal, het verschil zou toch bestaan hebben, het was nu eenmaal zo geschapen, ondoorgrondelijk voor de mens, maar God had er zijn reden voor.

Veel gedachten had hij niet, maar soms wanneer hij aan het roer stond, zag hij de dingen van het verleden voor zich, wat er gebeurd was tussen anderen en hem, mensen die deden zonder het te kunnen helpen, soms in eendracht en soms strijdig, ieder op zijn plaats. Hem was het beschoren geweest eigenlijk niets te doen dan op te letten dat hij geen kwaad deed. Dat had hij gedaan, niet anders, daarom voer hij nu alleen. Er zouden wel veel anderen zijn evenzo, die hun best deden buiten het kwaad te blijven en alleen waren. Meer kon God aan zwakke mensen nog niet toevertrouwen.

Met dat al begon hij wel te voelen dat de behoefte in hem riep om gemeenschap, en waar was het te vinden als het niet met mensen kon zijn? Het leek soms, wanneer hij rondkeek over het water, de oevers en de lucht, of hij gezichten zou gaan zien, maar hij wist dat het de wens was naar een oog dat hem kende en begreep. Doe je plicht, dacht hij dan, en vraag niet, het zal wel gegeven worden. God weet immers wat zijn schepsel nodig heeft. Wij zijn van elkaar, Hij en ik.

Rossaart voer geregeld op Waal en Merwede heen en weer, in zomer en in winter. Zijn schuit werd in de verte al herkend, omdat zij een van de kleinste was onder de nieuwe hoge tjalken.

In Gorkum kwam hij zelden. Eens, in de tijd der lange dagen, had hij zich verbaasd dat het zo mooi was in de stad, hij had het nooit zo gezien. De wijzers van de toren blonken van de ondergaande zon, over het land ter wederzijde, van de bomen van Dalem tot de dijk naar Schelluinen, lag een dunne nevel, roodachtig en licht. Aan de wal, waar het veer aanlegde, hing het lover stil en welig, de oude mannen zaten er als gewoonlijk, zij keken naar de wolken van de overkant en letten niet op hem. Uit de straat voor de haven komend viel het hem op hoe groot de bomen geworden waren. Hij ging over de brug en in het midden bleef hij staan. Hij overdacht hoe lang het geweest kon zijn dat die bomen geplant werden, en nu zo hoog dat sommige huizen niet te zien waren, hun spiegeling lag breed aan beide kanten op het water, dat alleen in het midden het licht van de schemering had. Hij herinnerde zich dat hij hier op deze brug voor het eerst de muts had afgenomen zoals men dat behoort te doen. Het was zo stil dat hij voor de huizen op het Eind en op de Appeldijk de buren hoorde praten. Hij voelde de vreedzaamheid, van de gloed op de rode daken tot de grauwe keitjes, en hij dacht dat het goed wonen moest zijn, hier op dezelfde plaats waar hij geboren was. Langzaam liep hij de haven langs, daar woonde nog zijn zuster en een eind verder zijn broer met volwassen kinderen. Op de Visbrug bleef hij nog eens staan, het gezicht gekeerd naar de hemel waar de gloed verzonk. Hij knikte het hoofd en hij noemde de naam van God.

Zijn vrouw zat in de kleine voorkamer bij de kaars, zij stond op en liet hem in de keuken, waar zij het brood op de tafel zette. Zij vroeg niet waar hij geweest was met de schuit, zoals zij gewoonlijk deed, hij zag dat zij de ogen neergeslagen hield. Er was verandering in haar, maar hij wist niet wat het was. Telkens wilde hij iets zeggen, maar hij kon niets bedenken, dan keek hij haar maar aan. En zij zweeg, en zij at langzaam, hij kon wel zien dat het haar niet smaakte. Toen de tafel afgeruimd was nam zij het breiwerk weer. Zo zaten zij al de tijd dat de torenklok tweemaal het volle uur sloeg. Hij stond op en ineens wist hij wat hij zeggen wilde: of er niets op te vinden was dat zij weer samen konden zijn, want het ging zo niet, zij werd oud en hem werd het soms te veel altijd alleen te varen. Maar hij stond zonder een woord te zeggen terwijl zij een stuk koek voor hem inpakte. Dag vrouw – dag Rossaart, dat was het enige dat zij zeiden toen zij elkaar de hand gaven aan de voordeur. Het was nog niet donker, boven de steeg zag hij nog licht aan de hemel. In de straten liep bijna niemand meer. En op het veer de Merwede overstekend keek hij naar de toren die hoog boven de daken stond.

Hoewel het lang zomer bleef, droog en warm, begon hij meer last te krijgen van de stramheid in de benen die hij moeilijk bewegen kon. Half oktober begon het te regenen en het hield aan wekenlang zodat al vroeg het water hoog kwam aan het peil. Met de nattigheid keerden de pijnen terug, hij moest voor Workum weer enige dagen werkeloos liggen in de roef. Er waren er die het een straf zouden noemen dat hij hier alleen lag, oud en gebrekkig, maar hij wist dat het aardse huis waar hij in woonde immers bouwvallig moest worden eer hij het verliet, daar kon geen mensenhand aan veranderen. Maar hij dacht aan haar, hoe zij het maken zou, want ook zij was oud en eenzaam.

Toen hij weer op de been was ging hij brood kopen, de hond had in die dagen niet genoeg gehad. Daarna maakte hij los om naar de overkant te varen, hij was er in lang niet geweest en het zou makkelijker zijn de schuit voor Gorkum te leggen. Het werd al donker, maar er zou wat licht zijn van de maan, ofschoon de lucht dik zat van regen of sneeuw. Hij kwam langzaam voort met weinig wind en bij de lantaarn van de plaat begonnen de eerste vlokken neer te komen. Hij maakte vast en wachtte in de roef tot hij de klok negen had horen slaan, want het was zaterdag en dan kwam zij laat van haar werk. Hij riep de hond om mee te gaan.

Het was stil in de straten, misschien door het gure weer, er viel regen en sneeuw dooreen. Voor het huisje gekomen zag hij aan het licht achter het gordijn dat zij al thuis was. Maar de deur was gesloten. Hij klopte en wachtte, en na een poos klopte hij nogmaals. Hij bukte om door de kier van het gordijn te kijken, hij zag de kaars die op het tafeltje bij het bed stond. Hij klopte nog eens. Aan twee huisjes tegenover werden vensters geopend, buurvrouwen keken naar buiten. Zij spraken niet hard, maar hij hoorde dat de ene zeide: Dat is die Waterman, om nog bij een dode aan te kloppen.

De hond, die aan zijn voeten stond, schudde zich de sneeuw van de haren. Rossaart dacht: Nu begrijp ik het, al net zo alleen in de wereld. – Hij keek nog eens door de kier, maar hij zag alleen de kaars. Toen ging hij en zijn voetstappen klonken.

Er was geen mens aan de kade toen hij losmaakte en het zeil hees. Hij wist dat het koud was en dat zijn hand wel stijf moest zijn, maar het roer luisterde willig. Hij zou maar met de stroom varen, want hier had hij niets te doen. Ter hoogte van de oude Schans aan de bocht, met het licht van Sleeuwijk schuin tegenover, blafte de hond. Rossaart dacht dat hij iets zag en keek rond, maar het was te donker, hij kon alleen het zeil onderscheiden tegen de lucht. Plotseling begon de hond woedend te blaffen, zonder ophouden, met de kop buiten boord gestrekt. Even liep hij brommend heen en weer, maar bij de mast begon hij weer feller. Rossaart hoorde een plons. Hij richtte zich op, hij sprong in het water, terwijl hij sprong bedacht hij dat hij het zeil had moeten laten zakken. Maar hij moest nu het dier zien te krijgen en met een paar slagen had hij het bij de nek. Het zeil was ook niet veraf, hij zwom erheen en greep de schuit vast aan het lage boord. Toen hief hij de hond uit het water en wierp hem op het dek. Voor hemzelf was het niet makkelijk aan boord te komen, want de schoen gleed telkens af. En terwijl hij zich vasthield met de ene hand voelde hij hoe de moeheid uit de benen ging, het water deed hem goed. En de hand liet los.

De schuit ging langzaam voort op de donkere rivier met de hond die blafte. De volgende dag werd zij ergens in het riet gevonden, oud en besneeuwd, dat was de schuit van die man die lang op de Merwede had gevaren.

Oek de Jong *Opwaaiende zomerjurken*

Opwaaiende zomerjurken is een ontwikkelingsroman: in drie episoden wordt de groei naar volwassenheid van Edo Mesch beschreven. Het kind met zijn moeder, in een eeuwigdurende zomer, op het platteland van de jaren vijftig. De puber, op een van de Zeeuwse eilanden, in een wurgende driehoek met een tante en een oom, zich vastklampend aan het beeld van een filosofisch systeem dat de wereld doorgrondelijk maakt en stabiel. De adolescent, in een web van erotische verhoudingen, op de Middellandse Zee, in Rome en Amsterdam, en in de veengebieden van de Friese Meren.

Edo Mesch is een kind van zijn tijd: los van alle traditie, en er tegelijkertijd nog van doordrenkt. Hij is zich overmatig bewust van zichzelf, hij is gewelddadig. Zijn onmacht is dat hij er niet eenvoudigweg kan *zijn* – alle avonturen vertellen hem dat. Ten slotte sluit zich de kring, in de oerwoud van het veen, en wordt hij uitgenodigd voor een laatste dans.

Bij de verschijning in 1979 werd *Opwaaiende zomerjurken* alom geprezen om zijn stijl, zijn diepgang en sensuele schoonheid. De roman kreeg meteen een plaats in de Nederlandse letteren. Oek de Jong debuteerde in 1977 met de verhalenbundel *De hemelvaart van Massimo* en publiceerde na *Opwaaiende zomerjurken* de roman *Cirkel in het gras* (1985) en *De inktvis* (1993), twee novellen.

Meulenhoff Quarto

Lieve Joris *De poorten van Damascus*

Toen de Golfoorlog uitbrak en haar omgeving zich bijna unaniem achter de overwinnaar schaarde, werd Lieve Joris onweerstaanbaar teruggetrokken naar het gebied waar zij voor het eerst reisde. 'Syrië! Ga dan tenminste naar Irak!' protesteerde een vriend. Maar zij ging niet naar Syrië, zij ging naar Hala.

Twaalf jaar eerder hadden ze elkaar ontmoet. Zij hadden dezelfde dromen, maar al gauw raakte Hala in Damascus verstrikt in een web van politieke problemen. 'Ze had willen reizen, net als ik. Hoe vaak hadden we elkaar niet kunnen tegenkomen. Maar ik kwam haar niet meer tegen, en telkens als ik op weg ging, realiseerde ik me dat zij thuis bleef.'

Maandenlang deelt Lieve Joris Hala's leven in een Damasceense volkswijk. Via Hala en haar vrienden schetst ze de dilemma's van moderne Arabische intellectuelen die balanceren tussen hun bitterheid tegenover het Westen en het failliet van hun eigen dromen.

De problemen waarin Hala verzeild is geraakt, hebben haar steeds meer teruggeworpen op haar familie. De benauwenis van het leven dat zij leidt, grijpt Lieve Joris soms naar de keel, maar wanneer zij afreist naar Aleppo, blijft het huis in Damascus haar aantrekken als een magneet.

De poorten van Damascus voert de lezer binnen in een Arabische familie waar een bazige moeder de scepter zwaait over haar opstandige dochters. Lieve Joris ontdekt hoe moeilijk het is voor Hala om te ontsnappen: alle poorten die ooit op een kier stonden, lijken een voor een dichtgevallen.

Meulenhoff Quarto

Nelleke Noordervliet *De naam van de vader*

De vierenveertigjarige Augusta de Wit, succesvol in haar werk en comfortabel gesetteld in een relatie met een getrouwde man, besluit op een augustusochtend in 1989 haar geschiedenis onder ogen te zien en gaat op zoek naar de naam en de woonplaats van haar vader, een Duitse soldaat over wie zij bitter weinig weet. Op haar reis naar Weimar wordt zij vergezeld door twee jonge mensen, een violist en een fotografe, die ieder hun eigen motief hebben om met Augusta mee te gaan. Als ze eenmaal begonnen is met de cartografie van haar bestaan, moet iedere verborgen plaats worden bezocht.

Dat brengt Augusta de Wit, in het gezelschap van haar ex-minnaar, naar Kreta, waar het pijnlijkste deel van het zelfonderzoek ligt. In Augusta's herinneringen, in haar ontmoetingen en ervaringen, raakt de grote geschiedenis, die zich aan ons lijkt te voltrekken, steeds weer de persoonlijke geschiedenis, die verantwoordelijkheid inhoudt. Veelzeggende jaartallen als 1945, 1968 en 1989 zijn even zovele keerpunten in de persoonlijke levens van diverse personages.

In *De naam van de vader* stelt Nelleke Noordervliet vragen naar schuld en verantwoordelijkheid en onderzoekt zij de verhouding tussen individu en samenleving in het heden, zoals ze dat in *Het oog van de engel* deed voor een periode uit het verleden.

Meulenhoff Quarto